Fate/strange Fake

フェイト/ストレンジ フェイク

成田良悟
イラスト/森井しづき
原作/ TYPE-MOON

「これは、妖精か？」

「それとも、異なる幻想の種火と見るべきか？」

「どちらでも構うまい」

「然り、構わぬ」

「この個体、限度はあれど『死なず』の相があるのなら……」

「刻めば、増えるのではないか？」

「少なくとも、我らで分ける事はできよう」

「刻(きざ)もう」　「解体(きざ)もう」

「細裂(きざ)もう」　「崩(きざ)もう」

「微塵(きざ)もう」　「肝膾(きざ)もう」

――遙(はる)か昔、頗(すこぶ)る勤勉な六人の『人間』達曰(いわ)く

余章

『テルメーの沃野から』

――ああ、ここまでか。

激しい雨に打たれながら、女王は考える。

――無念だ。

自らの頸骨が軋む音を聞きながら、女王は考える。

――ここで死ぬ事は良い。

己の首筋に食い込む巌のような手指から伝わる熱を感じながら、女王は考える。

——神の……女神ヘラの策謀を恨みもすまい。

周囲に散らばるアマゾネス達の血の匂いを噛みしめながら、女王は考える。

——我らが守護女神アルテミスよ。

破壊された都市から湧き上がる炎の熱を浴びながら、女王は願う。

——我が父である戦神アレスよ。

すべてが暗い影に染まる世界を見据えながら、女王は祈る。

——願い乞う。

——永劫の時の果てでも構わない。

——この大英雄より我らに向けられた疑念が、いつか晴らされる事を。

——我らが、恥ずべき計略による騙し討ちをする卑小なる戦士ではないと知る事を。

——この意味の無き殺戮で、我らが死ぬのは良い。

――私も含め、部族の戦士はその覚悟と共に生きてきた。
――神々の御心による犠牲は、大地の厄災や病と何も変わりはない。
――だが、この私をこれから殺す英雄に、我らが卑怯者と思われたまま死ぬのが……。
すでに、彼女の世界から音は失われていたからだ。
頸骨が完全に折り砕かれた音を、女王が聞く事はなかった。
――ただそれだけが、我が無念。
己の首の骨がへし折られてから、意識が消えるまでの刹那――
女王は、己の中に神を観る。
そして、気付いた。
――いや……それ以上の無念が、一つある。
――すまなかった、大英雄よ。

自分を殺した者が。
生まれて初めて憧憬を抱いた大英雄が、どのような顔をして自分を殺したのか。
視力も聴力も消え失せつつある最中の彼女に知る術はない。
だが、ハデスの許へと誘われる刹那の瞬間、女王は己を殺した英雄への後悔を遺した。

──心より、詫びよう。

──真なる英雄となり、いずれ神の座に昇るであろう栄光の輝きよ。

握り締めていた巨大な斧が、地面に落ちて鈍い音を上げる。
最後に聞いたその音が大地に消えるのと同時に、彼女の生命は終わりを迎えた。
自らの手を離れてもなお輝き続ける斧の刃に、己の願いを染みこませながら。

──私は、お前を──

予章
『冥府を巡る者と、冥府より帰りし者』

繰丘椿は、夢を見ていた。

暗く、冥く、昏い、泥のような闇が肌にまとわりつく。

それは不思議と温かみのある闇で、揺り籠の中にいるような心地好さが少女の意識を微睡みの中に堕とし続けていた。

夢の中で、少女は更に夢を見る。

己を包み込む闇――世界そのものが歪む中、その合間に幻灯機のような光が揺らめいている。


スノーフィールドの街の中。

人の気配が消えた摩天楼の影と、外灯の明かりが見えた。


深い地の底。

細長い檻のような影と、青白い鬼火の光が見えた。

日本の御伽噺に出てくるような、和風の巨大な建物。

飛び交う動物達や着物を着た丸い鳥の影に合わせて、銀色の輝きが見えた。


ただただ暗い闇の中。

何も形作らぬ世界の果てに、僅かな光が瞬いていた。


美しき螺旋のような岩肌に囲まれた洞窟。

巨大な三つ首の魔獣の背後に、木漏れ日のような色が揺らめいていた。


そんな景色が入れ替わり立ち替わり、少女を包み込みながら移ろい行く。

幾千、幾万、幾億もの『世界』。

だが、不思議とその全てが同じ世界であるかのようにも思える。

それを見せているのは彼女の脳髄を蝕む病原体によるものか、あるいは彼女と魂がなお繋がっている一騎のサーヴァントによるものか。

景色だけが、ただただ椿の『夢』として移ろう中、彼女の身体を蝕む微生物の起源が――

繰丘家が南の地より採取し、魔術による改良の末に椿に投じた遠き何かの末裔が――

幼き少女の魂を、一つの暗がりへと導く。


深い霧の中に揺らめく小さな焚き火を見た時、椿は頭の奥底が疼いたような気がして、ほんの僅かな時間だけ微睡みから意識を取り戻した。

覚醒したわけではなく、夢の中にありながら更に夢うつつという曖昧な状態として。

微睡む椿は焚き火に吸い寄せられ――その横に腰を下ろしていた人影に、何かを言われたような気がした。

全てが曖昧な霧の中、男は何か祭りのような装束を纏っているようにも、テレビの中のモデルが纏っていたような美麗なスーツを着こなしているようにも見える。


「――――、――――？」


まだ幼い少女には、その男が発した言葉の意味を理解する事ができなかった。

だが、椿は気付く。

人影が言葉をかける対象が、自分の背後の暗闇にいる『誰か』に変わったという事に。

「――――、――――。――――」

椿はゆっくりと振り返る。

そこには焚き火の明かりを吸い込む無限の闇が広がるだけであったが――

椿は理解した。

闇こそが、周囲にある闇のすべてが、自分を包み込む温かい何かであると。

己を本当の闇から救い出してくれた存在であると。

「……まっくろさん？」

椿がその名を口にした瞬間、その暗闇が全身を包み込み――再び、細長い檻の中から観た景色へと移り変わった。

そして、青い炎に照らされる事で、再び泥のような眠りの中に落ち込んでいく椿。

微睡みの中に沈む寸前――

ふと、椿は暫く前、この細い檻の傍にいた眩い輝きについて思い出していた。

焚き火の傍にいた人影とは違う、最初にこの檻の傍にやってきた輝き。

もう、自分の周りには何もいない事を寂しく思い、心の中で独りごちる。

——あの、金色の人……どこに行っちゃったんだろう……。

×　　×

天と地は、かつて一つのものであった。

人類の根ざす大地は天球の合わせ鏡。

本来とは異なる解釈における三位一体(さんみいったい)。

全てが一つに繋(つな)がり、神々の一部として同化していたとも表される古の時代。


その王は、国は、人類は、時代は——神々と決別した。

天と地を開闢(かいびゃく)する壮大なる旅と戦いを経て、最後には人の時代を打ち立てたのである。

あるいは、どう足掻(あが)こうとも世界の形がそのようになると理解していたからこそ、自らの手で神々との決別を為(な)したと語る者もいるが——その真意は、全てを成した英雄王のみぞ知る。

全てを見通す目を持つ王は、幼き頃より己の運命を見定めていた。

純真なる少年の王は全てを見通す目で人と世界の在り方をただ見守り、
傲岸なる英雄と化した王は恐怖と偉業をもって万物を踏みにじり、
賢王として帰還せし王は、民と共に歩む世に己の叡智(えいち)と魂を捧(ささ)げたと伝えられる。

ならば、その狭間(はざま)は？

これは、狭間(はざま)の物語。

神の時代を捨て、人の時代を歩み始めた原初の王。

かつて天地開闢(てんちかいびゃく)の物語を切り拓(ひら)いた、人の業の極致にして、天からもたらされた最大の恵み。

天と地、即(すなわ)ち人と神々のありえざる『狭間(はざま)』たるその存在が——

現代の世、スノーフィールドの地において再起動した。


切っ掛けは、『それ』に縁を持つ女神が、冥府へと旅立った事。

そして、『それ』のマスターが直前に施した処置。

更にいくつかの要素が絡(から)み合(あ)ったが故に帰結した現実なのだが——

まさに奇跡とでも言うべき事象であるにも拘(かか)わらず、『それ』が即座に世界の空気を塗り替える事はなかった。


特別な魔力の奔流も、通常のサーヴァント召喚時のような輝きと衝撃も皆無。

世はおしなべて事も無し、全ては常識の内側であるとでも言うかのように。


顕現せし『それ』が——

現実にも伝承にも、決して存在しえなかった『狭間（はざま）』だとしても。

×　　×

スノーフィールド　クリスタルパレス最上階

あまりにも当たり前に起こったその事象に、その場にいた複数の魔術師達——ティーネ・チェルクを首魁（しゅかい）とする土地守の集団の構成員達は、誰も気付く事ができなかった。

太陽が東から昇る事を誰も気にせぬように、あるいは、日々呼吸をする事に特別な思考を必要としないように——そこで起こっている事象に、誰も意識を向ける事はない。

つい先刻まで物言わぬ死体であり、ティーネ・チェルクの魔術によってかろうじて崩壊を免（まぬが）れていた肉体が、同一でありながら、まったく異質な存在として組み変えられた。

『それ』は、瞼（まぶた）を開き意識を覚醒させた瞬間から、己が如何（いか）なる存在かを理解している。

故に——『それ』は、まず空を見上げた。

相変わらず暴風が吹き荒れているにも拘わらず、雲は、いつの間にか綺麗に消え失せている。

蒼天にも拘わらず、透き通った氷を思わせる冷ややかな空。

天空の象徴たる女神は冥界へと堕ち、全ての熱は町の西にある極小の嵐へと奪いさられつつあった。

虚空と入り交じる空に、『それ』は如何なる気配を感じ取ったのか、鏡のような笑みを浮かべながら口を開く。


「終末の贄が、空を舞っている」


『それ』は、一見すると人間（神）の姿をしていた。

齢は、現代の基準で言うならば『若い』という印象が真っ先に来る。

少年と青年の狭間である年頃の、彫像のように均整の取れた存在。

窓辺に立つ『それ』は——限り無く純粋な『人』の魔力を体内に循環させ、静かに笑う。

「獣性を神に否定され、意志すら無き身で……人の何を量ると言うのだろう」

「まさか――」

×　×

東の空を振り返ったエルキドゥの声が、豪風に掻き乱されて消えて行く。

仇敵である女神の最期を看取ったエルキドゥは、その場をこちらに向かっているセイバー達に任せ、西に生まれつつある暴威へと足を向けていたのだが――

その最中に生まれた一つの強大なる魔力の塊を察知した彼は、表情に戸惑いの色を浮かべながら動きを止め、胸に抱いた疑問をそのまま言の葉として吐き出した。

「まさか……君なのか？」

奇しくもそれは、最初にエルキドゥがこの地に顕現した時に、他でもない自分自身が口にしたのと同じ言葉。

だが、吐き出された感情はまるで違う。

一度目にその言葉を口にしたのは、運命の悪戯としても信じがたい友との再会を予感した、歓喜交じりの感情によるものだ。

それに対し、今しがたエルキドゥがその言葉を口にした二度目の言葉は、純粋な『疑念』によるもの。

この地、この時代において――

自分の知る、如何(いか)なる友の在り方とも違う『何か』が顕現してしまったのではないかと。

二十七章
『蟬菜マンションの赤ずきん・解――あるいは、魔術師に撃ち抜かれた狼 Ⅰ』

仮に、その大学生を『A』とする。

玄木坂の蟬菜マンションに越してきた大学生の『A』は、孤独を愛する性分だった。

後に隣に越してきた一家の幼い子供がエレベーターの前で誰かが来るのを待っている姿を観ても、一緒に乗り込んで来た少女がボタンを押して欲しいと頼んでくるのを観ても、庇護しようという気持ちより先に『離れたい』と思う気持ちが勝つほどに。

故に、『A』が少女の身体の疵痕や不遇に気付こうとも、今後も一切人生を交わらせぬまま終わるかと思われたのだが――

些細な偶然が、『A』の運命を大きく変える事となる。

「ひとつ、よいですか」

エレベーターに設置された鏡越しに、一人の少女が『A』に声をかけてきた。

パンパンに張り詰めた背囊からは野草の青臭さやハーブの匂いが複雑に入り交じって漂っており、まだ学生と思しき少女を見た『A』は、学校の課題で冬木の山林から植物採集でもしてきたのかと疑った。

『A』は知る由もなかった。

その匂いの一部が、既に魔術師達の使う暗示の一種であったなどとは。

斜め後ろに並び立ちながら、鏡の反射を一度挟んでくる少女。

年頃は、10代後半から20歳の間といった所だろうか。

自分より僅かに年下のようだと『A』は推測する。

染めた様子の一切ないストレートの黒髪に眼鏡をかけた、どこか世捨て人めいた雰囲気を纏う少女だったが、『A』はその少女の顔から目を逸らす事ができなかった。

まるで金縛りにあったかのような感覚に陥った『A』に対し、少女は言葉を紡ぐ。

「この子を……気にかけてあげてください」

そこで初めて、『A』は気付いた。

自分と少女の間に、赤いフードを被った子供が立っているという事に。

これには、当の赤ずきん自身も驚いたようで、やはり鏡越しに眼鏡をかけた少女の顔を見上げていた。

赤ずきんと眼鏡の少女が、鏡越しとはいえ同じ視界に入った瞬間、『A』の耳に次なる言霊が届く。


「命を懸けろとは言いません」


彼女の指が僅かに動き、背嚢からはみだしていた若芽のついた小枝が不自然に揺らめいた。

だが、それを『A』が感知する事はない。

『A』の目は、鏡の中に映し出された少女の顔から動かせなくなっていた。


「ただ、何かあった時に……手を差し伸べてあげて欲しい。それだけです」


それは、魔術的な暗示となって『A』の心に刻み込まれた。

眼鏡の少女は十二階のボタンを押しており、十一階の住人である『A』と赤いフードの少女は一足先にエレベーターを降りる事となる。

十二階といえば、このマンションのオーナーでもある冬木の氷室市長の自宅がある筈だ。

そこの娘と同じ年頃だと気付き、友達だろうかと考えた『A』だが、さして興味を抱く事もなく、彼女の言葉についても『妙な事を言う子だな』程度で受け流し、赤いフードの少女とも特に会話をする事もなく部屋へと戻る。

ただ、それだけの話。

あとは、『A』にとって何事もない毎日が続く筈だった。

しかし——

名前も知らぬ眼鏡の少女の暗示は、確かに『A』の精神に食い込んでいたのである。

少女がボタンを押せずに困っている姿を見た時、無意識の内に十一階のボタンを押していた。

自分が家に帰る時は同じ階なので当然の行動なのだが——一階に降りた時に入れ替わりに赤いフードの少女が入って来た時にも、自分が出る前に自然と十一階のボタンを押してから出るようになっていた。

誰にも目撃される事がなかった故に、怪談では語られる事のなかった事実。

故に——

赤いフードの少女が微笑みながら『ありがとう』と囁いた事も、世に語られる事はなかった。

だが、それは僅かな誤差に過ぎない。

冬木の街に知られる『蟬菜マンションの赤ずきん』の怪談と、現実に玄木坂で起こった事の最大の差異。すべての結末を裏返す『A』の行動は別にあった。


とある秋の夜、隣人の部屋から凄まじい喧噪と怒声、悲鳴が起こった直後——

激しく叩かれる『A』の部屋の扉。

叩く位置はとても低く、丁度幼い少女が腕をダラリと下に垂らした拳の位置だろうか。

怪談では、『A』がその喧噪のすべてを『自己責任だ』と無視し、救えた命を救わなかったが故に後の応報へと繋がる一幕。

だが、運命は一人の魔術師によって歪められていた。

現実に事件が起きた夜——『A』は、少女が扉を叩いた時、その扉を開いたのである。

ただ一つだけ、魔術師ですら予測していなかった問題があるとするならば、
その行動は、赤いフードの少女が救われる物語への分岐ではなく、怪談よりも残酷な悲喜劇の始まりという事だった。

×　　×

現在　スノーフィールド西部　ネオイシュタル神殿跡地

女神の加護が冥府へと還り、暴風と洪水の脅威が過ぎ去った後の森の中。

事前に森全体にエルキドゥの力が通されていた事もあり、頑丈な木々はまだその根を大地に張り続けているが、天変地異の体現である風と水、更には甚大なる魔力が入り乱れる激しい戦いの奔流に巻き込まれた事で若木の大半は横倒しとなり、どこかに流されてしまっていた。

イシュタル女神の加護がエルキドゥの魔力と反発していなければ森の大半は今も無事だっただろうが、現在はまさしく大型のトルネードが通り過ぎた直後のような光景が広がっている。

森の中に数多く存在していたであろう動植物の姿もなく、ただただ、混ぜ返された泥と折れた木々の匂いが周囲の空気を満たしていた。

だが、その空気もすぐに散らされる。

更に西方に渦巻く、台風の代わりに現れた積乱雲から吹きすさぶ風によって。

「この気配……病院の前にいた、あの弓兵か？」

神殿が崩れた後の荒れ地に現れた英霊――セイバーがそう言って積乱雲に目を向けた。

彼の傍らには、マスターであるアヤカ・サジョウが合流している。

周囲にいるエルメロイ教室の生徒と卒業生達に護られながら現れた彼女は、セイバーを観て一言告げた。

「大丈夫？」

「まあな、丘みたいな大きさのバーサーカーの方も消え失せた。倒したわけじゃないから、どこかに身を隠したんだろうが……霊体化とは違うな、あの巨体で姿まで消せるって事だろう」

怪物のような英霊が隠密行動までこなせるという、場合によっては絶望を周囲に与えかねない情報。だが、それを口にしたセイバーは、それでも口元に笑みを浮かべている。

「何がおかしいの？」

呆れたように言うアヤカに、セイバーは堂々と答えた。

「いや、昔の大きな戦の、肌のヒリツキを思い出してな。とんでもなく強大な軍に相対した時に感じる血の揺らめきが、まさにあのバーサーカーや……西の空にいる雷雲の化身みたいな奴と同じ感じだった」

「大きな戦って……戦争ってこと？　人間と戦ってたんだよね？」

「ああ。とはいえ、もちろん相手が率いる軍も含めての話だけどな。土地と風土に根付く空気、歴史、兵士一人一人が抱いた信念すら全て含めての話だから、一概に比較はできないが……」

ニヤリと笑いながらセイバーが、数キロメートル先にて荒れ狂う積乱雲の中心にいる『何か』を許する。

「一つの魂が、あそこまで荒れ狂う事ができるのか。いっそ羨望すら覚えるな、アヤカ！」

「覚えないよ……」

「そうか、アヤカは理性的だな！　それもまた羨望を覚える！　いいね、羨ましいな！」

「この王様、羨ましがりすぎる……」

呆れたように言うアヤカだが、その脳裏には、常に付きまとうヴィジョンがあった。

今朝がたに見た、夢の光景。

血の色に満ちた、セイバーの過去だ。

そこで吸い込んだ血の臭い、夢にも拘わらずハッキリと感じられたあの臭いは、恐らくセイバーの魂に刻み込まれているものなのだろう。

そもそも魔術や英霊に疎いアヤカは、なんともなしにそう考える事しかできなかった。

だからこそ、アヤカは怖れる。

あの夢の中のセイバーの恐ろしさをではない。

そんなものを魂の中に刻みこみながら戦い続けるセイバーの、足手まといになってしまう事をだ。

――でも、今さらだ。

――立ち止まるな。

――私は、今は『マスター』って奴なんだから。

自分が、熾烈な戦いの一部として組み込まれた感覚。

熱に浮かされておかしくなっている感覚が無いとは言えない。

だが、そんなものは元からだとアヤカは理解していた。

ずっとずっと、この街に来るずっと前から、自分の中に奇妙な浮遊感がある。

ただ、赤ずきんへの恐怖と、身の内より湧き上がる不明瞭な罪の意識から逃げ続ける日々。

寧ろ、この街に来て、セイバー達との結びつきを得た事により、その感覚が消えた程だ。

自分は今、セイバーのマスターとしてこの世界と繋がっている。

何か一手間違えれば、自分だけではなく、セイバーや周囲にいる他の魔術師達、あるいは街の人間達が大量に命を落とす事になりかねない。

いや、何も手を間違えなかったとしても死ぬ可能性は高いのだ。

先刻までの凄絶なる戦い――『女神』の力の奔流を目の当たりにしたアヤカは、眼前で瓦礫と化している神殿が先刻までは空に浮いていたという事を思い出しながら、改めて人間の常識を置き去りにした状況に身を置いている事を理解する。

不安を無理やり喉の奥に押し込めつつ、覚悟を改める為に大きく深呼吸をした後、セイバーに対して問い掛けた。

「それで、女神様だっけ……？　倒せたの、かな」

「らしいな。あの神殿が落ちてから、周囲の空気が元に戻った」

セイバーは、アヤカの手を引いて瓦礫の山に登らせながら前方に目を向ける。

かつて神殿であった岩の塊は崩れ、今はまだ形を保っている瓦礫も端の方から徐々に砂と土に還り始めていた。

そんな中、彼女は瓦礫の中央に横たわる女性の身体に気付く。

「フィリア……」

「どうやらあれが女神の『器』だったらしいが……知り合いなのか？」

「うん……私がここに来たのも、あの女に無理矢理……あの森の……城の中で……」


──止めないで、セラ。

──聖杯戦争の結末を、聖杯で覆すのよ。


良く似た女性に対して、そんな事を言うフィリアの姿が思い出される。

やがてそのセラという女性を振り切り、自分を抱えて街へと連れ出すフィリア。

まるでバッグでも持つように軽々と己を持ち上げるフィリアに驚愕した事さえ記憶の底から蘇ってきた。

己の脳内に溢れ出す情景の奔流にアヤカが戸惑う中、更に記憶が溢れ出す。

――お前でいい。

――お前がいい。

――お前には、己の末路を選ぶ権利はない。

――私が生きる意味を与えてやろう。

――異邦の地で組み替えられた聖杯の簒奪者。

――アインツベルンを再起動させる為の礎。

――お前は、これから『それ』になる。

――どうしてお前みたいなモノがここに在るのか。

――その出自はどうでもいい。

――ただ、お前と私は同じだ。

――何かを成さなければ、世界に在り続ける意味などない。

――お前を、マスターにしてやろう。

――お前の四肢に、偽りの令呪を刻んでやろう。

――お前に、存在する意味をやろう。

――お前は脱落したマスター達から、サーヴァントを奪い取るのだ。

――お前の過去はすべて贋物。

――お前の存在はすべて欠落。

――お前の意思はすべて虚誕。

――お前の未来はすべて欺瞞。

――だから、私がお前を本物にしてやろう。

――本物の、魔術礼装に。

――お前の中に焼き付けられた『赤ずきん』、私が薄れさせてやろう。

――聖杯戦争に参加しろ。

――『赤ずきん』に、喰らい尽くされたくなければな。

ズグリ、と、鋭い感覚がアヤカの頭を貫く。

だが、痛みではない。

何か重苦しい蛇のようなものが頭の中を蠢くような感覚だ。

これまで過去を思い出そうとする度に感じていた頭痛や違和感が、別の形に変化しつつある。

喩えるならば、今までのは記憶そのものを縄で縛り付けるかのような感覚だったが、今のそれは、その縄が急速にほどけ、思い出すつもりもないのに記憶がアヤカの脳に流れ込んでくるような形となっていた。

その不気味な感覚を脊髄の奥底に閉じ込めながら、倒れたフィリアの傍に居るライダーのマスター達へと問い掛ける。

「えっと……死んでるの？」

自分を無理矢理このアメリカに差し向けた人間だが、それでも数少ない顔見知りだ。

己の獲得してきた狭い世界の中から何かが喪われるという事実を前に、アヤカの足元から嫌な浮遊感が湧き上がる。

だが——その魔術師達の一人、遠坂凛から返って来た答えは、意外なものだった。

「まだ肉体としては生きてるわ。アインツベルンのホムンクルスにしたって、とりわけ頑丈な部類ね……それにしては所々調整が歪なのが気になるけど、私は専門外だし……」

「えっ？　生きてる……？」

「勘違いしないで。女神の霊核と意識はもう残ってないわ。ホムンクルスの身体に宿ってた人格も、本来はもっとギリギリまで持つ筈だったんだと思うけれど……」

そう言って、凛はフィリアの顔を見る。

彼女の顔にも身体にも疵痕などはなく、生気が失われているという様子もない。

だが、アヤカから見た現在のフィリアは、何か取り返しの付かない喪失があるような気がしてならなかった。

「元々小聖杯として創造られたわけじゃなさそう。ただ……あの女神を中に入れた上に、あれだけ濃密な死の気配が通り抜けて無事で済むとは思えない。変質が起きてる可能性はあるわね」

「……本来なら、破壊しておいた方がいいんだろうがな」

凛の傍にいた魔術師の一人があっさりとそんな意見を口にしており、アヤカは目の前にいる者達がやはり自分とは違う価値観を持っているのだろうと暗い気持ちに包まれる。

「ちょっと待っ……」

アヤカが声をあげかけたその瞬間――

ゾワ、と、彼女の全身に寒気が走った。

時間が止まったような錯覚を覚えた直後、彼女はその原因を探るべく、空を見上げる。

そちらに何かを察知したわけではなかった。

ただ単純に、周囲に合わせただけ。

彼女の周囲にいる魔術師達が、全員揃って視線を空へと向けていたからだ。

西方に渦巻く雷雲の塊ではなく、
僅か10メートル程上空に浮かんでこちらを見下ろしている、人の形をした『何か』へと。

つられる形で頭上の存在を見上げたアヤカは、それもセイバー達と同じサーヴァントと呼ばれる存在なのだろうと考えた。

「フラット……なのか？」

魔術師集団の中にいた青年が、上を見上げながらそう告げる。

「……『俺』……いや、『彼』は、もういない」

淡々とした調子で、上空にいる人型の『何か』が告げる。

「ティア。『彼』が僕につけてくれた名前だ。これ以外を名乗るつもりはない」

「なんだろう、知り合い……なのかな」

アヤカは独り言のように言葉を発した。

周囲の魔術師達の反応を見るに、どうやらそう単純な話ではなさそうだと判断する。

そして、それを補足するように横にいるセイバーが言った。

「アヤカ、この前、冥界の夢から脱出した直後に撃たれた男がいただろう」

「え……あ……」

目の前で胸と頭を撃ち抜かれた青年の姿が思い浮かび、アヤカは胸の奥からこみ上げる吐き気を必死に抑えながら答える。

「私の事を……何か知ってるっぽかった子？」

「ああ、上にいるあいつは、なんていうか……あの時の男の身体が変質した姿だ。いや、『中から出て来た』という方が近いかもしれないな。正直俺も仲間に今聞いただけだから、良く解ってないんだけどな」

仲間というのは、恐らくはセイバーの宝具とやらで喚び出しているかつての知己の事だろう。供回りや仲間など様々な表現で呼んでいるが、アヤカに解るのは、いずれもセイバーが信頼している味方であるという事ぐらいだ。

「俺も生きてる内に真剣に魔術を会得しておけば良かった。ま、今さら言っても遅いけどな」

軽い調子で話しながら、セイバーはアヤカの前へと移動する。

上空の存在が何をしてきても、即座に自分を護れるような立ち位置。

その意味を即座に理解し、アヤカは吐き気を呑み込んで自らも身構えた。

「……アヤ……カ……サジョ、ウ……」

だが――そんな彼女の耳に、微かな呻きが届く。

「？」

アヤカが思わず足元に目を向けると、そこには薄く目を開きながら唇をゆっくりと開いているフィリアの姿があった。

「……まだ……生きていたのか……」

「！」

『女神の残滓』とやらではなく、アヤカをこの街に送り込んだ女。

女神の方とはメールのやり取りを一度しただけだが、アヤカは今目の前にいる者は自分の知るフィリアであると感じていた。

しかし、何故そう感じたのかという、その理由が説明できない。

アヤカの頭の中で、縄がほぐれ続ける感覚がただひたすらに続いている。

そんな彼女にだけ聞こえる声で、フィリアが囁く。

声を良く聞こうと、アヤカはフィリアに顔を近づける形で膝を突く。

先ほどかろうじて動いていた口元も閉じられていた。

だが、アヤカの耳にその声は確かに届いていた。

魔術的な意思疎通の手段なのであろうか、アヤカの四肢と肩に刻まれた刺青から直接声が響いてくるように感じられる。

『神気に押し潰されて……私も、全部思い出した……あなたには……悪い事をしたわね……』

最初に出会った時とは違う、どこか柔らかい口調の言葉。

城で初めてフィリアを見かけた時、もう一人いた白い服の女性と話していた言葉遣いに近しいものを感じた。

――あれ？

――はっきりと……思い出せる。

――そうだ、セラ、っていう名前の、良く似た人と、言い争ってて……。

アヤカの頭の中の縄がほぐれ、そのわらしべの一本一本――記憶の糸が、更に細かい繊維へと分解されて全身に溶け広がる。

それに乗じるような形で、フィリアの思念がアヤカの身体に染みこんできた。

『私は、私じゃなかった』

『そもそも、私は、アインツベルンから……逃げて……』

『……暴走……あの人に……バ……トさんに……止め……貰……』

独り言のようにも、懺悔のようにも聞こえる。

恐らく、精神が壊れかけているのだろう。
徐々に力が無くなっていく彼女の言葉が、アヤカの精神をも揺さぶり始める。

『私は、ただ、普通に』

『ただの、人間として、暮らしたかった』

『なのに、私は、同じ苦しみを、あなた、に』

『ごめん、なさい』

『今、あなたの暗示をすべて解く』

『本当のあなたを、いま、返す』

『私は、嘘（うそ）をついた』

『あなたの過去を、利用した』

『赤ずきんは、呪いじゃない』

『だから、だからどうか』

『あなたは、今からでも、自由　　に　　』

泣いているような、微笑（ほほえ）んでいるような声が、アヤカの脳内に微（かす）かに響き続ける。

『ああ……私は、帰る……』

『私を……人として受け入れてくれた……あの、街、へ……』

そんな声色で紡がれた、フィリアの意識が残した最後の言葉が途切れ――

刹那、アヤカの脳髄に追憶の洪水が押し寄せる。

×　　×

数年前　冬木某所

それは、完全に偶然の出来事であった。

しかし、『彼女』が冬木の地に居る限り、それは必然であったのかもしれない。

自分が何者かも分からずに街を彷徨っていた頃。

街中で暗闇から路地に飛び出した時、道を歩いていた二人組の少年の一人とぶつかった。

相手にとっては思った以上の衝撃だったようで、手にしていたゲーム用のカードらしきものをばらまきながら、派手に地面に転がる姿が見える。

「あ……ごめんな……さい」

辿々しく言う自分に対し、少年は苦しげながらも笑みを浮かべて口を開いた。

「おうふ……！　心配御無用、お嬢さん……」

親指を立てながらカードを拾い、寧ろこちらを気遣うように言葉を紡ぐ少年だったが――

「フフフ……一つだけ教えておこう。拙者はこれからも何度もつまづく、でもそのたびに立ち直る強さも……やや？　沙条殿？　何故ここに？　何故髪を染めて……？」

どこかで聞いた事があるような芝居がかった台詞を途中で止め、驚いたようにこちらの顔を凝視した。

「誰……？　私の名前を、知ってるの？」

「あれェ!?　え、いや、それなりに会話をした事もあった気がするんですが気がしただけですか!?　そう信じ込んでいた拙者の独りよがりな遠き少年の日の思い出!?　これは……改めて立ち位置を再定義する必要性がありますな!?」

テンションの高い妄言を叫ぶ少年に、『彼女』は戸惑い、その意識が強く少年に向けられた。

普段であれば相手が何を言おうと『人と関わってはならない』と適当に受け流して逃げ去る事にしていたのだが――

相手のあまりにも奇妙なテンションと、自分の今の姿の名前を知っている相手という衝撃に、思わず正面から相対してしまったのである。

そんな冗談のような切っ掛けが、彼女の運命を大きく変えるとも知らぬまま。

「拙者の名はガイ……後藤劾以！　G・O・T・O・G・A・Y！　そして貴殿は沙条綾香！　穂群原の学び舎で同じ釜の飯を喰らった強敵であると思い出して頂けたところで万事解決！　万事快調！　友情インストーラー起動！」

「サジョウ……アヤカ？　私、の、名前？」

「なっ……⁉　予想外の反応⁉　拙者が忘れられてるのはともかく、沙条殿が自分の名前に疑問を抱く不思議ミステリー⁉」

すると、それまで後ろで眠そうな顔をしていたもう一人の少年が、やおら目を開きながら呟いた。

「……？　……髪の色……以外は沙条先輩だけど……違う気もする……」

眠気を滲ませながらもこちらを見透かすかのような不思議な目をした少年は、『彼女』をじっと観た後、首を傾げながら言葉を続ける。

「記憶喪失……？」

「角隈殿⁉　いやまさか、沙条殿は拙者とぶつかったショックで……⁉　そういえば美綴殿も空飛ぶ大蛇か何かに襲われた時に記憶を失ったと聞く……やはり何か関係が……？」

「……病院……連れて行った方がいいかも……あっ」

気付けば『彼女』は、二人の少年を振り切るように駆け出していた。

あの二人は、自分の事を知っているようだった。

だからこそ、怖かった。

今の自分が何者であるのかを知ってしまうのが。

意図的に己を封じながら、しかしながら忘れる事もできず――

情報が上書きされ、最重要事例として己の中に刻み込まれた。

「私は……サジョウ。あの二人……ゴトウガイ、と、ツノクマって子の……友達?」

呼吸を荒らげ、己の中に入ってきた情報を復唱する。

「穂群原（ほむらばら）の……サジョウ・アヤカ。それが、それが――」

それが自分にとって最重要であると、魂そのものに刻み込まんとばかりに。


「……、、、この顔の、名前……」

×　　　×

現在　ネオ・イシュタル神殿跡地

アヤカの脳内に、過去の記憶が鮮明に蘇る。

遠坂凛と名乗った魔術師から『冬木での知り合いは』と問われた際、とっさに名前が出た二人。返答した時は不鮮明な記憶の中から引き摺り出して答えたのだが、その理由となった出来事がアヤカの心中で完全に再現された。

それを、アヤカは恐ろしく感じる。

記憶というものを、ここまでハッキリと覚えている事がまず異常なのだ。

己の不安を証明するように、更なる記憶が脳内で再生され続ける。

意識をフィリアの暗示によって歪められていた反動だろうか。

思い出したくもない記憶から——自らの防衛本能として封印していた記憶に至るまで。

自分が、今の姿になるよりも前の事までも。

「————————」

赤い闇が、アヤカの意識を塗り潰す。

まるで、視界を赤いフードで覆い隠されたかのように。

アヤカの中ですべての記憶が再構築され続ける中、現実の世界でも状況は変わり続ける。

「そいつは……いずれ人類の敵になる。『僕』と同じようにね」

上空に居る何者かの声に、アヤカを護るように立っているセイバーが答えていた。

「おいおい、予言者気取りは周りから疎まれるぞ？　サンジェルマンの奴なんか、何回も予言を当ててるのに、その上で無茶苦茶ウザがられてたからな！」

「セイバーか……」

「まあ、アヤカが人類の敵になるなら、俺もそれに付き合うのは吝かじゃない。ただ、俺も予言をしよう。そうなるとしたら、先に喧嘩を売るのはアヤカじゃないと思うぞ？」

アヤカの耳にも、二人の声は届いている。

ハッキリと会話の内容を理解している裏側で、

――違う。

セイバーの口から『アヤカ』という単語が零れるのを聞き、アヤカの心が締め付けられる。

――私は、セイバーを……ずっと、騙して……。

――違う、私は……私は……そもそも、人間じゃ……。

「マスター……アヤカが人類の敵になるんじゃない。人類こそがアヤカの敵になる、という言い方の方が正しいと、俺は声高く主張していきた……」

そこで、セイバーは言葉を止める。

「アヤカ？」

　気付けば、アヤカではなくなった『何か』が、セイバーの手を強く掴みとめていた。

「私、違う……アヤカ、じゃない」

　縋るように、懺悔するように、アヤカは声を絞り出す。

　サーヴァントとマスター。

　その関係は、今のアヤカにとって唯一確かな真実であり――かろうじて自分の意思をこの世に押し止める蜘蛛の糸であった。

「思い出した……私、全部……！　思い出したんだ……！」

　もう念話を伝えてくる事もなく、命だけが残り心が消え失せてしまったかのようなフィリアに視線を向けるアヤカ。

　彼女が最後に自分にした事を、感謝する事も呪う事もできぬまま、アヤカは叫んだ。

「私は……違う、沙条綾香じゃない！」

　セイバーに縋りながら、彼と目を合わせる事ができない。

　今もなお蘇り続ける記憶に脳髄を削られながら、アヤカはそれでもセイバーに伝えた。

　己の正体を。

「……私は……私が……赤ずきんだ」

　あるいは、己が為した大きな罪科を。

「私が、『あの人』を……殺したんだ」

二十八章

『世の狂気に果ては無し』

『それ』を産み落とした『母』は、一つのシステムだった。

遠き静寂の彼方（かなた）より飛来した、混沌（こんとん）より生まれし秩序の神々。

オリュンポスと呼ばれる山嶺（さんれい）を彷徨（さまよ）う、肉の現し身も機鋼の現し身も持たぬ、知恵と知識のみにて情報の海の中を揺蕩（たゆた）うソフトウェアプログラム。


与えられた識別名は『Ἄτη（アーテー）』。


理性を揺るがし、神々に、人々に、世界に惑いを与える『狂気』を司（つかさど）りし知性体。

バグや悪意によって生じたものではなく、元より必要な——船底に設置されるバラストのような意味合いで、世界の理と誠実さをより強固なものとする為（ため）に置かれた補助機構だ。

しかし、とある瞬間——神と人間、そしてその狭間（はざま）に生まれし者達に関わる変化により、オリュンポスの長であるゼウスの手によってアーテーは『不要』と断じられる。

そのシステムは凍結された状態で神々の世界から排除され、人々の世界へと落とされた。

人々は、伝承の中に語る。

激昂せしゼウスに髪を摑まれ、そのまま人類の住まう土地へと投げ落とされたアーテーが人類にもたらしたものを。

愚行を司りし女神が落ちた地の名は、トロイア。

後にプリュギアのアーテー丘陵と名付けられし農地へと蒔かれた狂気の種は、やがて地上に根付き始める。

そして、人々は囁き始めた。

人間が愚かな真似をし続けるのは、オリュンポスより追放されたアーテーの仕業であると。

トロイア戦争の英雄、アガメムノン。

己の愛妻がパリスに奪われた事により始まった戦の最中、よりにもよってそのアガメムノン自身が同胞であるアキレウスの想い人を奪い取り、ギリシア連合軍に決定的な亀裂が入りかけた時の事。

なんとか怒りを収めたアキレウスに対し、アガメムノンは謝罪の中で、自分の愚かな行為は、神々の手によって我が身に打ち込まれた『惑い』によるものであると告げた。

ゼウスの娘であったアーテーは、狂癲を司り全ての人間を惑わす象徴。

決して大地に足を着ける事はなく、人々の頭の合間を吹き抜けながら全ての神々と人民の半数を狂わせるのだと。


——我が骨は我が肉に問うた！

——その答和を、即ち世の真実を！　汝らに普く示す為に私はここに立とう！

——耳を開き、目を閉じ、ただ我が叫びを受け入れたまえ！

——我が血脈の輩たるアキレウスよ！

——そして、同じく心を分かち合いしギリシアの同胞達よ！

——怒りと不信は当然の事！　私とて己の愚行に腑が煮えくり返っている！

——だが、世の成り立ち、神々の足跡を見よ！

——かの大神ゼウスですらアーテーの司る理からは逃れられず、ヘラの策略によって惑い、愚行を為してしまったではないか！

——故にゼウスは愚行そのものを司る、かの女神を地上へと追放したのだ！

——神々の中から、惑いと愚行の概念そのものを消し去る為に！

——深く思索せよ、何者にも試される必要の無き大英雄ヘラクレスの足跡を！

──かの豪傑が不要なる十二の試練を受ける事になったのも、全てはアーテーのもたらした惑いの結果ではなかったか？

──我が身もまた同じ事。トロイアを護(まも)りし武の要、ヘクトールの驚異的な勇気に直面して心が揺らぎ、女神アーテーの計略に囚(とら)われてしまったのだ……！

──愚行とは、愚行を捨て去る事で償わねばならない。

──故に、我が惑いとなる己が分け身……積み上げてきた富を君に預けようではないか！

──アキレウスの、そして皆の心に生まれつつある邪悪なる惑い(アーテー)を打ち消す為(ため)に！


……と、アガメムノンはアキレウスや同胞の軍勢に対して熱弁を振るった。

要するに、全てを狂気を司(つかさど)る女神の仕業とした彼は、『アーテーのせいで正気を失っていた事』への償いとして、アキレウスに大量の金品を贈る事で丸く収めようとしたのである。

もっとも、そうした品々への興味が薄く、アキレウスは矛を収めるべきか考え込んだ。

その状況を予期してアガメムノンの弁明と謝罪の場に駆けつけたオデュッセウスが二人を取りなし、ギリシア軍は崩壊の危機をかろうじて免(まぬが)れたのだという。

アガメムノンが言うように、アーテーは、打ち捨てられた瞬間から人間達に愚行と妄想、嘘(うそ)と悪意をばらまき続けていたのか？

人理の不条理は、全て神が大地に打ち捨てた狂気のデータが広まった事が原因なのか？

答えは、否。


廃棄された愚行の神格に左右される程、人理は曖昧ではなかった。

人類は長き歩みにより、自ら『愚挙』と『狂気』、そして『破滅』を獲得したのである。

全ては自ら手にしたもの、神より零落した情報体の影響などありはしない。

打ち捨てられた女神は、自らの無力さを嘆くでも、追放した神々を恨むでもなく――

世界と人類を、ただ賞賛した。


人類の愚行に理由も象徴もなく、だからこそ世界から狂気を消し去る事はできない。

故に、この身は不要故に朽ちるのではない、最初から世界と同化していたのだと。

人類は愚かで賢い、自分のような存在がわざわざ狂気を植え付けずとも、既に栄誉と破滅という対の存在を内包している。

だからこそ、人類はやがて完成するのだ。

オリュンポスの神々が、いずれ時の果てで朽ち果てようとも。

その未来がアーテーの予言なのか、あるいは狂気そのものと化した彼女自身の妄想なのか、それを判じる神はどこにも居ない。

——楽しからずや、楽しからずや。

——偉大なる神々よ、雷霆の化身たる我が父よ！

——よくぞ私の髪を引き摑み、振り回し、大地へと叩き落としてくださいました。

——貴方がたが神話の螺旋へと消え去った後も、私は人と共に生きましょう。

——いえ、私は最初から人の中に居たのです。

——ここにあるこの存在こそが夢と幻。

——私は、狂気は、最初から人の中にて完成していたのですから。

喜んでその身を世界の中に溶かした情報の波——狂気を司りし女神アーテー。

その波の揺らぎのほんのひと揺れが、長き時を経て、精霊とも人間ともつかぬ存在へと変化する。

波に過ぎなかった筈の情報体が、『愚行』そのものが物理的な形を持ったのだ。

一つの個として顕した、人の形をした『愚行』。

女神アーテーの性質を受け継ぎながら、全く別の存在として、徐々に己を完成させる。

とある土地で出会った、数多(あまた)の水の輝き。

その揺らめきの一部——湖の精霊達が見せる万華鏡(まんげきょう)のような無数の側面のうちのいくつかを己の師として、魔術をその身に取り込んだ。

湖の精霊の中でもとりわけ強大な輝きと対立していた夢魔を見て、幻術という概念を己の狂気に取り入れる。

その夢魔がこちらの存在に欠片(かけら)も興味を示さなかったのは、自分が人間としての感情を持つものではなく、ただの増幅器(ブースター)に過ぎないと知っていたからだろう。

アーテーから生まれたその『愚行』の化身はそう認識していた。

そして、魔術という力を得た女神の子は、世界の中を彷徨(さまよ)い続ける。

人間を導く事もなければ、惑わせる事もない。

その必要はないと知っているからだ。

人間は最初から、完成している。

正気も狂気も、善意も悪意も最初から両方持ち合わせているのだ。

故に、自分はただ——その背を押すだけ。

人の先に立って導く存在ではなく、ただ人類の背中に立ち、そっと囁(ささや)くだけ。

波として、揺らめきを増幅させるだけ。

『愚行』の化身は、そうして人の世に紛れ、人の惑いそのものを愛し続ける。

何十年も、何百年も、千年紀を超える年月に至ろうとも。


やがて、素晴らしき光と影の揺らめきを前に、『愚行』はその命を捧げる事となった。

狂気じみた善行を神に捧げ、絢爛たる理性によって戦を成し遂げようとした聖女と――

正気であるが故に神を呪い、聖女の為に狂いと破滅の道を選び取った一人の将軍に。


――世界は、人間はかくも美しい。

――彼らと共に消える事で、自分もその内へと溶け込もう。


己が親友と認めた将軍の狂気を見届けてから数年の後、『愚行』は自ら絞首台に上った。

消え去る自分の代わりに世界を見届け続ける複製の素材を、世界中にばらまいた後で。

処刑された時に偶々『愚行』が使用しており、結果として世に刻まれた名は――


フランソワ・プレラーティ。

×　　　　　　×

数年前　ドイツ某所　山岳地帯

「んー、変だなぁ、変なの」


一人の少年が、氷と大樹に閉ざされた森を闊歩する。

ドイツを流れる、とある河川の上流。

周囲の土地からは気候すら異なるその土地は、一種の異界と化しており、まるでそこだけ時が凍り付いているかのように、深い雪の帳に閉ざされていた。

その雪に満ちた山道を、一人の少年が歩く。

「土地そのものの結界は生きてる。発動した罠は騙して進んで来たけど、もう僕が来たって事は向こうに伝わってる筈なんだけどなあ」

息を切らせる事もなく、雪に覆われた山道を軽やかに登る。

周りは静寂に包まれており、耳に届くのは木々の枝先や樹皮が凍結しかけている事を示す軋みのみ。

空の色も純白で、太陽すら凍り付いているのかと錯覚させる道のり。

しかし、その凍てつく空気が少年の歩みを阻む事はなかった。

彼が一歩踏み出す度に、世界そのものが塗り変わるかのように変化を見せる。

少年の周囲１ｍほどの範囲で雪が即座に草原へと変わり、色鮮やかな毒草が生い茂った。

そして、少年が歩を進めた背後では即座に毒草が凍てつき、砕け散り、白砂のような雪へと戻っていく。

それは、己の周囲の空間そのものを騙す、高度な幻術であった。

魔術師であれば防寒を含めた魔術や礼装を組み合わせた方が遙かに楽に雪中行軍を行う事ができるだろう。

だが、その少年魔術師は、わざわざ膨大な魔力と技術を必要とする特殊な幻術を用いて雪世界を掻き分け続けた。

「ここまで踏み荒らしても、迎撃用ホムンクルスの一体すら出てこない。もしかして、知らない間に拠点を変えちゃってる……？」

やがて、少年の姿をした魔術師は一つの城に辿り着く。

聖杯戦争に関わる、秘奥の一族の本拠地へと。

×　　×

山林の最奥にある、空間そのものを閉ざしたかのような結界。

その内側に、外界と閉ざされた土地が存在した。

静寂だけが支配する空間に、突如として異変が生じる。

一見すると何も無い木々の合間に、突然ジグソーパズルのような亀裂が入ったかと思うと——悪趣味な装飾の木槌でそのピースがぽこりと撃ち抜かれ、開いた穴の奥から少年魔術師がその姿を現した。

「……この結界破りでも反応無しー？　あれ、これ本気でもぬけの空？」

少年はパズルピース形の『穴』から顔を覗かせ、周囲をじっくりと観察した。

幻想的な雪景色と調和した荘厳なる西洋風の城。

周囲に城下町などない事が、よりその城の異質さを際立たせて、外観だけで足を踏み入れがたい空気を生み出していた。

だが、それが擬態であると少年は知っている。

荘厳なる城に見えるがそれは表面上のみで、建物の構造、扉の位置、各部屋の内部構造などを見れば、現代の魔術師ならぬ技術者でも気付くものは気付くだろう。

　ここが王侯貴族の居城や拠点を護る砦ではなく、極めて効率的な大規模工場であると。

　踏み入れがたい、などというレベルでなく、明確に他者を拒絶する為に作られた機密施設だ。

　まるで妖精達の手で作られたかのように美しく、歴史を感じさせる剛健さと硝子細工のような繊細さを持ち合わせた建造物。普通の人間がその門前に立てば、場の空気に気圧されている間に雪に埋もれてしまう事だろう。

　少年はそんな空気に気圧される事もなく、まるで自分の住み処であるかのように堂々と足を踏み入れた。

　逆に、古くから設置されていたと思しき結界と罠以外には何一つ妨害が無かった事を訝しみながら。


「……あっれー？　嘘でしょ？」


　雪明かりに照らされた中庭を進み、城の結界を解除していく少年。

「本当に誰もいないのー？　じゃあ、このお城、貰っちゃうよー？　トロイの木馬でも作って、その中から登場する演出でもしよっかー？　僕なんかに城を陥落させられるとか、末代までの恥だよー？　時計塔あたりに言いふらしちゃうよー？」

挑発するような声をあげると、少年はどこかから取り出したステッキを振り回した。

すると、ステッキから虹が広がり、城の中をまるでハロウィンパーティーのように飾り付けていく。

幻術で生み出された機械人形達が闊歩し、人型に変形する純白の木馬が空を舞い、壁面に描かれたチョークの落書きのような絵が蠢きだして、ワーグナーの祝祭楽劇『ニーベルングの指環』の序幕である『ラインの黄金』の一幕を演じ始める。

怪物の演目を他の怪物が見物するという様相を生み出し、少年の幻術は雪に閉ざされた城を混沌とした雰囲気へと塗り替え始めた。

城の厳かな佇まいを踏みにじるかのような行いだが——それでもやはり、反応はない。

「……本当に、誰もいない？　無反応ほどつまんないものはないよー？　それを分かっててやってるなら大したもんだね、僕への嫌がらせとしては完璧だ！」

踊り狂う機械人形達を中庭に放置し、仏頂面をしながら城の最奥へと向かう少年魔術師。

そして——

城の探索中に『それ』を発見した時、少年は思わず眉を顰める事となった。

雪の入り込まぬ場所——礼拝堂を思わせる祭場の中には、祈りを捧げるような形で動きを止めている無数のホムンクルスの姿があった。

停止、というよりは、廃棄。

魂や情報という意味合いでは、『抹消』と表現しても過言ではない状態だった。

美しい外観のホムンクルス達。

姿そのものは何を損なわれる事もなく綺麗に残っているのだが、その内側には、何ひとつとして情報が残されていなかった。

まるで、最初から命など無いただの人形だとでも言うかのように。

そして、城の奥まった場所にある当主の部屋に辿り着いた時、少年は半分だけ目的に辿り着く事ができた。

半分、というのには理由がある。

少年の目的は、この城を拠点とするホムンクルスの大家、アインツベルン家の当主に面会する事だった。

彼の眼前には、確かに当主であるユーブスタクハイト・フォン・アインツベルンの姿がある。

しかし、そこに在るのは、ただ『姿』だけであった。

「石板の端末……メインのアバターまで」

男は長い白髪と白い髭（ひげ）を持ち、その身体（からだ）を気品のある法衣（ほうい）めいたローブに包んでいる。

顔は老齢でシワもあるが、どこか完成された美術品のようにも感じられた。

目は鋭く光っており、少年を見つめているように見える。

だが、それは錯覚に過ぎない。

ユーブスタクハイトの目は誰にも、否、どこにも焦点が合っていなかった。

そうした機能はすでに失われている。

当主として振る舞う姿を他者に見せる為（ため）だけの椅子。その上に腰をかけて指を組み、過去を思い出すかのように天井を仰ぎ見た後に、顔を下ろす。

そんな直前の光景が思い浮かぶかのような自然な状況で、男の時間は完全に静止している。

白磁を思わせる色合いの肌は純白の宝石よりも硬質化しており、過去に全てを置き去りにした人型の結晶と化していた。

「ああ、そっか……」

少年はその老爺（ろうや）の形をした人形の手に触れ、そのリンクも含めて精査を続ける。

これが本体である魔術的な人工知能の『端末（石板）』である事は把握した上で、少年は理解した。

端末に連なる大本も、既にその機能を停止しているのだと。

一時的なシャットダウンではなく、今はその人工知能を含めたシステムそのものが、他者に再利用されぬレベルで自己廃棄されているという事をも。

たとえ自分が最高の幻術を用いたとしても『再起動』は叶うまい。

あまりにも芸術的に、その外観を完璧に残しながら解体されていたシステムを前に、少年はゆっくりと口を開いた。


「君達は、もう見切りを付けたのかい？　アインツベルン」

少年は、文字通り『人形』と化した存在を見上げつつ独りごちた。

「冬木の儀式に先は無いと断じて、自分達を停止させたのか……」

そこから数秒ほど、少年は何度か表情を変化させる。

嘲笑、悲しみ、喜び、怒り。

どれが今の自分の感情に相応しいのか、本気でわからないといったような面持ちで暫し沈黙し——やがて、手にしたステッキで床を強く叩き付ける。

刹那、城内を包む空気が裏返った。

城中に展開させていた少年の幻術が、まるで先刻までそこにかけられていた事すら否定するように消え失せ、元の荘厳な空気を纏った城の姿が取り戻される。

空間の捻れそのものが収束し、少年の周囲を包み込んだかと思うと、シャボン玉が割れるように歪みが弾け、その中から恭しく膝を突く少年の姿が現れた。

「凍らせた時を騒がせた事を、ここに詫びよう」

当然ながら、どこからも返答はない。

だが、独り言としてではなく、目の前の停止した偉大なるホムンクルス――魔術によって生み出された人工知能、ユーブスタクハイトの人型端末に対して真顔で告げた。

「役目を果たし、無念を受け入れ、夢を諦めるという人間性を獲得した被造物よ。第三の壁の先を人類全てに見せる事に挑み、ユスティーツァの時代を追い求めた偉大なる『道具』よ。僕は……人間を愛し愛せず、穢し穢せず、弄び弄ばれる低俗なる悪意――フランソワ・プレラーティの残滓として、君に敬意を払おう。零落した女神アーテーの子として賞賛しよう」

それまでの巫山戯た空気を消し去り、恭しく頭を垂れる少年。

「人間達が如何なる願いで君を作ったのかは知らない。君が停止した今、その臓腑と魔術式を暴こうとも思わない。ただ、君達の描いた夢と、注ぎ込んだ歴史の末路を僕は肯定しよう。魂の無き身でそれを成し遂げた滑稽さを笑い、その愚直さに感嘆し、それが実らぬ世界に理不尽な怒りを向けよう」

感動的な本を読み終えた後に、その登場人物達に感情移入をする読書家のような言葉を口にした後——どこか普段の彼とは違う寂しげな微笑みを浮かべながら、フランソワ・プレラーティの残滓と名乗った少年魔術師は苦笑する。

「五度目の聖杯戦争に送り出した個体に、文字通り全てを詰め込んでいたんだねぇ」

それ以上はこの場にいても無駄とばかりに、かつてアインツベルンの当主として活動していた人形に背を向け、フランソワ・プレラーティと名乗った少年は少し残念そうに呟いた。

「僕も、会ってみたかったけどなぁ。マキリの蟲は本当に僕と相性が悪すぎ……」

と、そこで言葉を止める。

時の凍り付いた城の中に、僅かな違和感を覚えたからだ。

「……？」

その違和感が魔力の奇妙な揺らぎであると確信し、少年はその根幹を丁寧に探る。

やがて城の地下へと辿り着き——倉庫と墓を合わせたような部屋の中にある、ホムンクルスの『修復装置』を発見した。

「これは……」

錬金術師が生み出した特殊なコフィンといった印象を受けるその装置の中に居たのは、まだ機能を完全に停止させていないホムンクルスだった。

美しい女性のフォルムであり、術式を見て、そのホムンクルスが休眠状態でも起動前の新規個体でもない事を確認する。

コフィンに記されていた『フィリア』、という個体名を見てフランソワは思い出す。

「この名前……聞いた事があるぞ？」

——確か、アインツベルンから逃げ出して、時計塔の伝承保菌者に強制停止させられた個体が……人間のフリをしていた時に名乗っていた名前だ。

「その個体だとしたら……なんで停止していない……っていうか、廃棄されてないんだろうね？」

フランソワは不思議そうに首を傾げ、幻術によって擬似的な解体と再生を繰り返しながらホムンクルスを観察し続けた。

「んー、戦う為の器官は全部壊されてる。まあ、封印指定執行者と派手に殺りあったって聞いてるから当然として、除去までされてないのは、修復が必要になる可能性があったから？」

——魔術回路の量は寧ろ継ぎ足されてるね。

——通常のホムンクルスとは違う、何かに特化した……。

そこまで考えた所で、考えが『聖杯戦争』へと至る。

「第五次の小聖杯に何かあった時の代用品……じゃないね。恐らくは、第五次の失敗が致命的じゃなかった時の為の、次回へのサンプル……？　ホムンクルスではなく、廃棄済みの『リサイクル品』か『参考資料』として定義されていたから、強制停止の枠から外された……？」

聖杯戦争において、敗北した英霊達を形作っていた魔力を一時的にプールする役割を持つ小聖杯。封印指定執行者と渡り合える程の強靭な個体であれば、次の小聖杯の為の参考にする事もあるだろう。

しかし、儀式そのものを、自分達ごと切り捨てたアインツベルンにとっては、もはやそれは不要な異物。

イレギュラーとはいえ同型のホムンクルスである事に違いはない為、あるいは同様に停止措置がとられたのかもしれない。

しかし、伝承保菌者の一撃にシステムを破壊された影響で、停止命令がうまく走らなかったのではないだろうかとフランソワは想像した。

「まあ、原因はなんだっていいや。重要なのは、君がここにいる事だ」

石化状態ではないというだけで、限り無く死と近い状態にあるホムンクルスをコフィンから引き摺り出しながら、フランソワは邪悪な笑みを浮かべた。

先刻ユーブスタクハイトに向けた敬意とはまるで逆の、『まだ生きている存在』に対する期待と奸悪が入り交じった目を向けたまま、半分独り言のように、もう半分は目覚めぬホムンクルスに言い聞かせるように言葉を紡ぐ。

「さっきまではね、むかーしむかし、アインツベルンの教えを受けたっていうムジーク家のホムンクルスを弄って代用するしかないかなーって思ってたんだ。あそこが作るトール系列は優秀だし、なにより僕好みだからねー……っと」

自己修復機能が働かぬよう、魔術的に断ち切られたホムンクルスの手足の腱。

その疵痕をさすりながら、幻術でその疵痕そのものを騙し始める。

「でも、君がいるならそれでいい。器としては超一流だ」

ある程度修復を終えた所で、彼は『フィリア』と名付けられていた個体を抱え上げながら、城の正門へと向かって歩を進めた。

先刻ユーブスタクハイトの遺骸と相対した時とは真逆の、嗜虐的な色を交えた苦笑をその顔面に張り付けながら。

「ファルデウス君達が、君の精神と記憶をどう弄るかはわからないけど……ね！」

×　　×

現在　スノーフィールド市街地　路地裏

「……落ち着いて、敵が来ている様子はないから」

ハルリがそう囁き、いまだ吹き止まぬ風に晒されながら薄暗い路地裏を歩く。

彼女が肩を貸すのは、奇妙な造形をした小柄な影。

それは紛れもなく、スノーフィールドに顕現せし英霊が一柱。

召喚者と同じぐらい小さくなった、機械人形のようなフォルムのバーサーカーだった。

丘とも見紛う巨体はどこへやら、現在は車のトランクにすら収まりそうな大きさとなって、ふらつきながらハルリにもたれ掛かっている。

霊体化すらできなくなっている異常な状態に陥っているのは明白だが――霊基が失われつつあるわけではない。それはハルリも理解していた。

「大丈夫、あなたは私が護ります」

言葉だけを聞けば気休めにも聞こえるが、ハルリの目にはこれまでにあったような不安と怯えの気配は無く、明確なる覚悟を持ってその言葉を口にする。

「……」

一方のサーヴァントは何も答えない。

バーサーカーの狂化の影響以前に、元より言語機能を持ち合わせていないのではないかという風体の存在であったが、イシュタルとのやり取りから意思の疎通そのものは可能であろうとハルリは予想していた。

最初に暴走したバーサーカーに殺されかけた事を、身体が覚えている。

その恐怖を忘れたわけではない、克服したわけでもない。

今のハルリは、その恐怖を受け入れていた。

受け入れた上で、自らのサーヴァントとして共に歩み続ける。

一昼夜限りの夢であったとしても、あの神殿を共に護ったバーサーカーは、ハルリにとって同じ女神に仕えた信徒である。

たとえ、女神が冥界に堕ちた後であろうとも、それが変わる事はなかった。

あるいは、敗北を認めて教会に保護を求めるという道もあったであろうが、それは敗北を認め、バーサーカーを切り捨てるという事に他ならない。

「イシュタル女神様……」

──「フワワを……お願いね」

ハルリの心に思い浮かぶのは、イシュタル女神が最後に告げた慈愛に満ちた言葉。

──「あの子……ああ見えて、寂しがりだから」

そのフワワ——バーサーカーを見捨てる事など、どうしてできようか。

彼女は覚悟を決めていた。

信仰の対象を失った深い悲しみに打たれながらも、尚も両足で立っていられるのは、横に護るべき存在がいるからだろう。

現在の状況を打開すべく、ハルリが選んだのは街への潜伏だった。

彼女は知らない。

この街そのものが、消滅の危機の瀬戸際に立たされているという事に。

街の危険そのものは感じているが、それはあくまで、森の先に生まれてしまった魔人の如き英霊に対してだ。

女神の威光と意向に強くあてられた彼女にとって、政治の仄暗い部分に携わる人間達の考えを慮るには、少しばかり余裕が無かったのだろう。

もっとも、冷静な状態だったとしても——この街に魔術とは無関係の大量破壊兵器が投下されようとしているなどと、ハルリの立場からは想像できなかったかもしれないが。

「単体で動いては狩られるだけ……手を組めるとすれば、警察のオーランド・リーヴ署長ならあるいは……」

警察サイドが、人間である警官隊に宝具を使わせているという事は知っている。

現状残っている面子で交渉の余地があるのは、その陣営であるとハルリは判断した。

あるいは、宝具を量産できる程に強力なサーヴァントがいるのであれば、バーサーカーの霊基を元の状態に戻す事も可能なのではないかと。

仮に、それが叶わぬとしても、ハルリはバーサーカーを見捨てないと既に心に決めていた。

今は世界を壊すという自分の望みではなく、バーサーカーを護る事がハルリの中での最優先事項になっているのだから。

しかし——そんな彼女を嘲笑うかのように、厄介な存在の声が路地裏に響き渡った。

「あれれ？　そのバーサーカーちゃん、どうしたのかなあ？　どうしちゃったのかなぁ？」

「！」

ビクリ、と、ハルリは背を震わせる。

「随分と萎んじゃったねぇ！　……魔力も、……身体も！」

声の方向に彼女が振り返ると、そこには妖艶な笑みを浮かべている一人の少女の姿があった。

「フランチェスカ……」

自分をこの聖杯戦争に誘った『黒幕』の少女を前に、ハルリはバーサーカーに肩を貸したまま身構える。

自分を誘い込んだ人間ではあるが、何一つ信用できる相手ではない。

あからさまに警戒するハルリだが、路地の上方から、別の少年の声が響く。

「メソポタミアの神代を再現する為(ため)の儀式の一部として組み込まれちゃってたからねー。普通のサーヴァントの領域を超えてあれだけ強靭化(ドーピング)してたんだから、そりゃあ代償ってものは必要だよー？」

「……誰⁉」

ハルリは思わずそう声をあげたが、その声が響いた方向にいたのは、もう一人のフランチェスカだった。

だが、それはよく見るとフランチェスカに良く似た顔立ちの少年であり、ビルの非常階段の手摺(てす)りに腰をかけてこちらを楽しげに見下ろしている。

見下すわけではなく、純粋に映画を楽しむかのような笑顔だが、無邪気というにはあまりにも怪しい気配に満ちた少年だった。

「……⁉」

最初は、フランチェスカの幻術だと判断しかけるハルリ。

性別を変えた自分の姿の幻術を生み出すという意味の無い事を、フランチェスカならば平気で行うと考えたからだ。

だが、すぐに違うと気付いた。

マスターとして与えられた聖杯戦争の特殊な権限により——その少年を見た瞬間、ハルリの目の中に特殊な情報が溢れ出す。

「サーヴァント……⁉」

「やあ、初めまして。君の事はマスターの僕から聞いてるよ？」

少年は軽やかな動きで手摺りから路上に降り立ち、ハルリに顔を近づけながら言った。

「魔術世界に復讐しようとしてヤケになってた女の子が、今じゃ女神の祭祀長として森の番人に肩を貸して歩いているだなんてね」

「……」

警戒したハルリの周囲に何匹もの蜂が浮かび、規則的な並びを見せて物理的な結界を生み出した。

蜂の色は瑠璃色のままだが、女神が冥界に沈んだ今、内包される神秘と魔力は大幅にグレードダウンしている。

相手の目的や攻撃方法が分からぬ状態の中、警戒しながらハルリは会話を切り出した。

「一つ、聞いてみたい事があった」

「なあに？　私に答えられる事なら教えてあげるよー？　別に今さら隠し事するなんて段階でもないしね！」

楽しげに言うフランチェスカに、ハルリは問う。

「どうして、私なの？」

「えっ？　……ああ、なんでマスターとして選んだのかっていう話？」

「ええ、時計塔に与していない魔術使いなら、他にいくらでも優秀な人がいたはずなのに」

今まで、その疑問がもたげた事は何度もあった。

魔術協会と縁遠い優秀な魔術使いなら、世にいくらでもいる。

自分の師匠などはフランチェスカを元より信用していない口だが、金で雇える高名な魔術使いはそれこそ自分のように感情に左右されたりはしないだろう。

魔術世界に復讐する為にその疑問を棚に上げていたハルリだが、イシュタルの女神の祭祀という立場により復讐心を消し去った今ならば普通に聞く事ができる。

そんな彼女の問いに、フランチェスカは何を躊躇う事もなくあっさりと答えた。

「うん、ただの気まぐれだよ？」

「きま……ぐれ？」

虚を衝かれたような顔になるハルリに、フランチェスカは手にしたパラソルステッキをクルクルと回しながら言葉を紡ぐ。

「ファルデウス君が家から受け継いだ情報が冬木の三回目、私が一番詳しく調べたのが、四回目の聖杯戦争だったんだけどね？　そう、君の言う通り、あの戦争にはとっても有名な魔術使いが参加してたんだよねー。ああ、そういえばその人について調べてた時、シグマ君も拾ったんだったよ。懐かしいなぁ」

過去を楽しむように言った彼女は、不敵な笑みをハルリに向け直して続けた。

「それでね、私の『親友』がいた四回目の聖杯戦争にあやかろうとして、ちょっとだけ縁のあるハルリちゃんに目を付けたってわけ！　それ以上の理由も、それ以下の理由もないよ？」

「そんな……理由？」

「ああ、でも勘違いしないで？　ハルリちゃんの魔術世界に復讐したいっていう想いは、からかいはするけど否定するつもりはないし、応援もしてるんだよ？　あの女神に振り回されてたのはあまり面白くなかったけど、今は自分の意志で信仰してるみたいだから、それはそれでOK！　みたいな？」

軽い調子で語り続けたフランチェスカは、近場にあったゴミ箱を幻術で砂糖菓子の山に変え、その上にヒラリと飛び乗り黄昏れる。

「それにしても、皮肉だよねー。聖杯戦争の噂に引き寄せられて、最初の『呼び水』の為の召喚に集まった人達ってさ、私が気まぐれで集めた人達よりも酷かったんだよ？」

僅か5日前の事を、遙かな過去であるかのように遠くを見つめて語るフランチェスカ。

「宝物庫の『鍵』にあてられておかしくなっちゃってたりとか、真っ昼間に人のいる公園の中で英霊召喚しちゃったりとか、ワンちゃんを大事にしなかったりとか、魔術師としてもどこか破綻してる人ばっかり！　その上……まさか吸血種まで交じってるだなんて！」

フランチェスカがそう言いながら、ハルリではなく、反対側の路地の陰に語りかける。

すると──その物陰から、世界の中に滲み出すような形で一人の男が姿を現した。

首の骨が歪に折れたまま不敵に笑っている男を見て、ハルリは気付く。

「……！　神殿の前にいた……！」

「ああ、ボルザークの後継の娘か、くっ……ふっ……フフ、息災なようで何より」

そう言いながら、現れた青年──ジェスター・カルトゥーレは、己の髪の毛を掴んで持ち上げると、首をゴキゴキとならしながら骨を修復し始めた。

人間ではないとひと目で分かる行為を前に引きつつ、ハルリが口を開く。

「……この死徒も、フランチェスカが率先して呼んだとばかり」

「えー？　それって偏見だよー？　それじゃ私がまるで、場を掻き乱す事だけが好きな邪悪な妖精さんみたいじゃない？」

「あはは！　半分ぐらいあってるじゃん！」

フランチェスカに似た少年が、そう笑って言葉を引き継いだ。

「僕達は基本的に人間の味方だからね！　人理を否定する連中とはソリが合わないっていうか？　人理が宙に華開くのも滅びるのも、最後には人間の手によるものであって欲しいんだ」

すると、ジェスターはそれに対して舌打ちをしながら言う。

「これだけ大掛かりな魔術儀式を組み上げておきながら、よくもほざけたものだな」

「だってしょうがなくない⁉　これを望んだのも、人間の一つの側面なんだから」

妖艶(ようえん)な笑みを浮かべて、フランチェスカがジェスターに答えた。

「私は、私達はね、人間以外にはあまり興味がないの。君が死徒のジェスター・カルトゥーレじゃなくて、人間だった頃の……強い力を持ちながら魔術協会を追い出された憐(あわ)れな魔術師……ドロテアとしての姿を曝(さら)け出(だ)すなら、私は君の背中をいくらだって押してあげるよ？」

「……！」

「？」

歯噛(はが)みをするジェスターの顔を見て、困惑するハルリ。

——昔からの知り合い……？

——いや、フランチェスカなら、この数日で相手の事を調べ上げていても不思議じゃない。

そう判断して状況への警戒を続けるハルリに、フランチェスカは取り引きを持ちかける悪魔のように妖しく目を光らせ、ジェスターへと手を差し伸べた。

ただし、その先にパラソルを握り込みながら。

「私は君達の手を引くことはない。ただ、背中を押すだけ。でも、君が望むならジェットエンジンを取り付けるぐらいの勢いで、盛大に盛大に押してあげるよ？」

刹那——

ハルリだけが気付いた。

フランチェスカが『人の手を引くことはない』と言った瞬間、英霊と思しき少年が、僅かに苦笑しながら目を逸らした事に。

だが、それ以上の表情の変化などはなく、大した意味もないのだろうと考えたハルリは、そのままフランチェスカに問う事にした。

「それなら、どうして私達の前に？　手を貸してくれるわけではないのでしょう？」

「もちろん、背中を押しに来てあげたんだよ？　どっちがオススメとかは秘密だけど……君達に『選択肢』を見せてあげようと思って」

「選択肢だと？　女神への捨て駒にしようとした癖に、よく言う」

訝しげに言うジェスターを、少年の英霊が笑う。

「選んだのは君でしょ？　最後まであのアサシンの女の子にちょっかいを出すって言ってさ」

「……それは否定しない。無事に我が麗しのアサシンは女神の暴威を凌ぎきった！　いや、寧ろ堕落して欲しかったのだが、まだ己の信仰の為に強者に挑み続ける姿が見られるのかと思うと、死徒となって私から欠落した筈のものまで熱く滾る」

陶酔したように身を震わせるジェスター。

そんな彼に不気味なものを感じていたハルリだが、相手にしていては恐らく話が進まぬと判断し、独自に少年英霊に問い掛けた。

「選択肢……私はもう、警察署長のオーランド・リーヴの下に向かうと決めています。あなた達の言葉に惑わされる必要を感じません」

強い調子で断言するハルリに、英霊の少年と、そのマスターである少女は顔を見合わせ——。

「なあんだ」

「本当に丁度良かった」

と、思いがけぬ僥倖を得たとばかりに顔を輝かせた。

「だったら、話はなおさら聞いておくべきだよ？」

少年が路地の奥をゆっくりと指さし、それに合わせて少女が言葉を紡ぐ。

「それが、私達があなた達に与えられる『選択』なんだから」

指差された先。

路地の出口には——一人の男が固まっていた。

ハルリとフランチェスカではなく、ジェスターの方を見据えながら。

「お前は……アサシンの……！」

「ん？」

自分に突き刺さる視線に気付いたジェスターが、路地の出口に立つ一人の警官の姿を見て、
一瞬考えこみ——

「ああ！」

と、素で忘れていた顔を思い出し、肩を竦めながら言った。

「私に右手を御馳走してくれた、殊勝な青年――」

言葉を、最後まで紡ぐ事ができなかった。

その警官の顔が、一呼吸の間に自分の眼前にある。

間を詰められたという事実に驚嘆する暇もなく、その心臓めがけてナイフの刃が煌めいた。

「なっ……」

ジェスターは紙一重でそれを躱し、路地裏の壁を蹴りながら非常階段の上に移動する。

「おっとぉ……危ない危ない、確かヒュドラの毒仕込みだったか？　薬効だけでなく概念で殺す類の邪毒、生者の歩みを捨てた身とはいえ、流石に喰らいたくはないなぁ！」

「貴様っ……！」

「どういう理屈か分からんが、まだ人の領域から踏み出したままか、貴様」

病院の前でケルベロスに乗った弓兵と闘っていた筈の警官の一人が、急にその力を増した事はジェスターも気配で確認している。

一時的なバフだと考えていたジェスターだが、どうやらサーヴァントが顕現している限りは続く類のものらしいと切り替え、警戒レベルを一段階引きあげた。

普段ならば英霊に近しい身体能力を得たとしても気にせぬジェスターだが、現在は弱体化している上に相手は万物を蝕む毒短剣を手にしている。

愛しのアサシンと再会を果たす前に邪魔をされては堪らぬとばかりに、そのまま壁を駆け上がって屋上へと姿を消した。

「待……」

「一人で追うのは危ないんじゃない？　ジョン・ウィンガード君？」

ジェスターを追おうとしたジョンに、フランチェスカが声をかける。

「……！」

ジョンと呼ばれた警官は、驚いたように動きを止めてフランチェスカに視線を向けた。

「あなたは……確か、署長の……」

「そ、オーランド君のお友達の魔術師だから、安心していいよ？」

「……そちらの女性は？　それに、その……肩で支えているのは……」

フランチェスカに見覚えがあるらしく、ジェスターは戸惑いながらもハルリの方に目を向けて、彼女とバーサーカーについて確認する。

「あ、私は……」

――あれ？

――あの、フランチェスカに似た英霊が……消えてる？

周囲からいつの間にかサーヴァントが一体消えている事に戸惑いつつも、己の状況について語り始める事にした。

「私は、ハルリ・ボルザーク。この子の……バーサーカーのマスターです。この聖杯戦争の参加者である警察署長に、共闘を申し込みに来ました」

澱(よど)みの無い声で言うハルリ。

もはや、彼女の中にバーサーカーを召喚した頃のオドオドした弱さは感じられず、一人のマスターとしてジョンという強者に相対していた。

——これは、賭けだ。

——もしも、警察署長が他の英霊を強行的に排除する段階に入っていたとしたら……。

バーサーカーが弱っていると知られれば、これ幸いとばかりにこちらを攻撃して来てもおかしくはない。

その場合は、自分が盾になる事も辞さぬという覚悟を持ってハルリは己の素性を明かした。

だが、そんな彼女に、ジョンは戸惑った視線を送る。

「バーサーカー……？」

一瞬考えた後、武器を完全には仕舞わぬまま、切っ先だけを下に向けた。

「ああ……フラット君のサーヴァントとは別のバーサーカーか……？　待ってくれ、どの道、俺が個人で判断できる事じゃない。あの吸血種についても報告する必要がある」

そして、ジョンは小型の魔術礼装を起動する。

通信制限がされている状況では当然の行為だが、現代の警官が制服のまま魔術礼装を操るその姿を、ハルリは不思議な気持ちで観察していた。

――神秘はいずれ消え失せ、魔術でできる事は人理の技術として収束する。

魔術世界への復讐を願いこの聖杯戦争に参加したハルリだが、彼女が何もせずとも、魔術協会も神秘もいずれはこの星の表層から消えるのだ。

ただ、自分が生きている間にその破局に達するとも思えない。だからこそ、自らの手での復讐を望んだのだから。

――この聖杯戦争に参加している魔術師達は、それに抗うつもりなんだろうか。

――可能性に縋るぐらいなら、最初からイシュタル女神様を受け入れていれば良かったのに。

――どうして、そんな奴らにイシュタル女神様が……！

復讐とはまた別の憎しみが生まれかける。

だが、彼女の心が濁る寸前――

横に立つ小さなバーサーカーが、人間の腕のようなアームで強くハルリの裾を握り込んだ。

「……！」

そこで、ハルリの心の空が瑠璃色の輝きを取り戻す。

――何を考えていたんだろう、私は。

――イシュタル女神様を憎悪の理由にするなんて、それこそあの御方への侮辱だ。

おそらく、魔力で繋がるバーサーカーが、マスターの感情の揺らぎを感じ取り、不安になったのだろう。

「……ごめんなさい。私を、助けてくれたんですね」

自分を一度殺しかけたバーサーカーの中に宿る魂に、ハルリは確かに善良なものを感じながら微笑みかけた。

「ありがとう。あなたは、私の心を護ってくれた」

彼女の言葉を聞いたバーサーカーは、安堵したようにアームの力を緩め、そっとハルリに身を寄せる。

機械仕掛けの人形のような外見はそのままに、ハルリは不思議と、そのバーサーカーが一人の子供であるかのように感じていた。

それが錯覚なのか本質なのか、気付く事もないままに。

ハルリがそんなやり取りをしている最中、通信を終えたと思しきジョンが焦りながら言った。

「本当に無茶をする……また、現場に出張ってこられるなんて……」

「あ、話ついたの？」

楽しげに聞くフランチェスカ。

ジョンは真剣な表情でハルリとバーサーカーに向き直り、義手と一体化している毒刃を完全に義手の中へとしまい込んだ。

「……少し先の拠点に署長が来ている。そこで話を聞きたいそうだ」

× ×

同地区　アパートメントの屋上

「まあ、待ちなよ。そんなに慌てて逃げる事はないんじゃない？」

路地に面したビルの屋上で、離脱しかけていたジェスターに声がかけられる。

ジェスターが振り返った先に現れたのは、路上から姿を消していたフランソワ・プレラーティであった。

「わざわざ僕とマスターの気配を探して街に戻って来たっていう事は、何かしら欲しいんだよねえ？　あのアサシンの子を陵辱する為の手札が。小間使いにされる事を嫌がってたのに、こうしてまた頼るぐらいに君は追い詰められてる、そうだよね？」

「ああ、業腹だがその通りだ。しかし……警察の連中とは手を組むつもりはないぞ？　あの忌々しい神父に連絡を取られても面倒だし、そもそも連中が俺を受け入れるわけがないだろう」

そう答えるジェスターに、プレラーティは幼さの残る顔に陰のある笑みを浮かべながら、ジェスターに語りかける。

「まあ、普通に考えたら、そうだろうねえ」

「?」

含みのある物言いをするプレラーティは、相手の背中を押すように言葉を紡ぎ出した。

「覗くだけ覗いてみればいいよ？　それを見てどう判断するかは、君次第だからさぁ」

×　　×

路地

「この奥だ、人払いの結界があるから、一般人が迷い込む事はない」

ハルリが案内されたのは、奥まった路地の突き当たりに作られた資材置き場のような場所だった。

映画などで不良達が屯（たむろ）していそうな場所だが、当然ながらそうした姿は見受けられない。
資材置き場の奥には潰れた自動車パーツショップのような小さい工場があり、その内部が簡易的な魔術工房となっていて人払いなどの結界を生成しているのだろう。

「……」

警戒するハルリを安心させるかのように、ジョンは率先して半開きになったガレージのシャッターの奥へと足を踏み入れていく。

「連れて来ました、署長。ここまでの印象ですが、敵対するような素振りはありませんし、彼女のサーヴァントの霊基も、大分不安定なようです」

そんなジョンの声が工房内から響いてくるのを確認したハルリだが、中の様子が見えない入り口を前に緊張を見せていた。
そんな彼女とバーサーカーを後押しするように、背後からフランチェスカが声をかける。

「大丈夫大丈夫、君をここに導いたのは私だからね！　一方的に殺されそうになったら、流石（さすが）にここから逃げ出すぐらいの手伝いはしてあげるよ？」

全く信用ならないといった顔でハルリは目を細めるが、何も頼るものが無い現状ではそんな言葉ですら後押しとなり、勇気をもってガレージ内への一歩を踏み出す。

次の瞬間――

ハルリはその一歩を、強く後悔する結果となった。

×　　×

屋上

陰に潜ませた使い魔を通して、ガレージの中の様子を盗み見ていたジェスターは、眉を顰めながら背後に立つキャスター、フランソワ・プレラーティに目を向けた。

「あれが……選択肢だとでも言うつもりか？」

「そうらしいね、お膳立てしたのはマスターの方の僕だけど」

「……私が言うのもなんだが、悪趣味だな。貴様も、貴様のマスターも」

苦笑をしながら、ジェスターはプレラーティの目を見つめる。

楽しげに歪めているその瞳からは澱みや狂奔といったものは感じられず、ただただ純粋な好奇心だけが覗いていた。

ジェスターはその目を見て確信する。

確かにこの英霊は、自分達死徒とは違う。

人類に対して比較的穏健派であるヴァン＝フェム公とも全く異なる。

本当に、この英霊は人間を好きなのだろう。

尊重していると言ってもいい。

だが、それが善行とは程遠いという事も、同時に理解した。

この存在は、プレラーティという『システム』は、背中を押した先が栄光の道だろうと断崖の絶壁であろうと、変わらぬ調子で背を押してみせるのだろうと。

そしてジェスターは、全く別方面に考えを巡らせ、安堵に頰を歪ませながら言った。

「ならば、私は一時、傍観者としての道を選択するとしよう」

「おやおや、そんな時間が残されてるとでも思ってるのかな？　この街にも、君自身にも」

挑発するように目を細めて笑うプレラーティに、ジェスターは笑う。

「だからこそ、だ。弾倉を補充する機会は、恐らく一度だろう。どいつの肉体を装填すべきか、……慎重に見極めなければな」

そして、使い魔越しに見えた人物に、目を細めながら口を開いた。

「あの肉体も候補の一つではある。デメリットも大きいが……」

「……あの『泥』でわが麗しのアサシンを穢すのも、それはそれで楽しいだろうからなぁ」

×　×

「どう……して？」

顔を青ざめさせたハルリの視界の先——ガレージの奥には、見覚えのある顔が立っていた。

「霊基は弱っていますが、バーサーカーの英霊です。気を付けてください、署長」

入って来たハルリを見て、真剣な調子で言葉を紡ぐジョン。

だが、その声は既にハルリの耳に届いていない。

全身の神経を凍り付かせたハルリに対し、ジョンに『署長』と呼ばれた男はハルリの方を振り向きもしなかった。

「……御苦労だった」

地獄の底から響くようなその声は、聞く者の背筋に凍った屍の指をなぞらせる。

「いえ、街を護る事を思えば、この程度は苦労に入りません！」

「ならば、引き続き街の警戒に入れ」

「はい！」

だが、その声を聞いたジョンは、まるで父親からの温かな激励を受けたかのように目を耀かせてハルリへと向きなおった。

「正直、俺は工場街で英霊を暴れさせた君を完全に信用しているわけじゃない。だけど、署長が君を信じると言うなら、俺は……俺達は全力で君に手を貸す。それだけは断言しておく」

彼女の目を見ながら、澱みの無い本心からの言葉を口にするジョン。

故に、ハルリは気付いた。

このジョンという名の青年が、如何なる状態にあるのかという事に。

故に、ハルリは疑念も抱いた。

いったい、いつから彼が、この状態に身を置いていたのかと。

「署長も俺達も不退転の決意で聖杯戦争に臨んでいるが、恭順を見せた相手に理不尽な事はしない。俺は、それが署長の正義だと信じてる」

ハルリを元気づけるように、ガレージから去り際のジョンが言う。

油断を誘う為の虚言ではない。

社交辞令のおためごかしでもない。

彼はハルリの事を完全には信用していないと言いつつも、純然たる善意から彼女に言葉を投げかけている。

だが、ハルリはそれに答える事ができなかった。

善意だと理解できるからこそ、今のジョンに対してなんと声をかけるべきかが分からなかったのだ。

そんな二人のやりとりを前に、『署長』と呼ばれていた男が、相変わらずの重々しい声でジョンの背に言葉を投げかける。

「この結界を出ると同時に……ここに来た事も、その理由も忘れろ」

「はい、署長」

なにげない挨拶であるかのように返答し、ジョンは軽い足取りでガレージを出て行った。

最後の指示の違和感にすら気付かないジョンを見て、ハルリは確信する。

彼はこの結界を出た瞬間に、自分や、あのジェスターという吸血種と会った事すら記憶から消し去ってしまうだろうと。

そして、本物の署長の下に戻り、己の正義に従った行動を続けるのだろうと。

残されたハルリは、ガレージの中に立つ『署長』と呼ばれていた男と相対した。

フランチェスカはガレージの入り口から顔だけ出し、ニヤニヤと笑いながらハルリの反応を窺(うかが)っている。

その気配を背中に感じながらも、ハルリはガレージの奥に居る男から目を離す事ができなかった。

「……あなたが、フランチェスカが言っていた『選択肢』の一つというわけですか」

バーサーカーを支える腕に力と魔力を込める。

最悪の場合、バーサーカーに己の魔力と残された令呪の力を全て注ぎ込むと決意しながら、ハルリは静かに相対する男の名を口にした。

正気でいられるのが不思議な程の、濃密で禍々しき魔力。

蠢く泥にも似たそれを、全身に巡らせる形で纏い操っている男の名を。

「バズディロット・コーデリオン……！」

×　　×

「カーテンコールは近い」

「終幕か、絶滅か、私達はどっちでも構わない」

「さあ、見せておくれ」

「もっと近くで、鮮明に！」

その様子を見ていたフランソワとフランチェスカは、それぞれが同時に、他者には聞こえぬ

程度の声で呟いた。

『君達人間が持つ、無限の狂気と愚行をね』

二十九章

『半神達の狂詩曲 I』

スノーフィールド西部

時は、僅かに遡る。

「嘆くか、天牛よ」


アルケイデスの眼前にあるものは、ただただ壮大な暴威の塊であった。

自らが引き起こした洪水と、眼前の巨大な積乱雲が引き起こした破壊により、濁流に呑まれた土地の中、水面より突き出た岩盤に立ちながらアルケイデスは静かに弓を構える。

だが、目の前の天牛——暴雨と雷風の化身たるグガランナは、地上に立つアルケイデスを既に見てはいなかった。

イシュタル女神の神格がこの地上から消え、神殿とフワワと自らの身を結んでいたリンクが途絶えたのを感じ取ったのである。

天空の女主人が、地の底(冥界)へと堕(お)ちていく。

神話によってはエレシュキガルの最初の伴侶であり、故にその存在を傍に置いたイシュタルを冥界に引き寄せたとすら言われる神格の持ち主である嵐の化身。彼は、此度の顕現の基点である女神の消失により、急撃にその存在基盤が乱されていた。

このまま放置すれば、最後に女神の仇討(あだう)ちとばかりに暴走して、スノーフィールドの町を更地にする程度で魔力は霧散、ただの陸にあがった熱帯低気圧へと変じる事だろう。

だが、それを良しとせぬものが此処(ここ)にいた。

「——射殺す百頭(ナインライブズ)——」

戦車の砲弾を遙(はる)かに凌駕(りようが)する、彗星(すいせい)の如(ごと)き推進力を以(もつ)て万物を貫き砕かんとする一矢(いつし)。

しかしながら、その弾道は直線を否定して、世界そのものに巻き付かんとする大蛇と化してその軌道をくねらせる。

決して曲がらぬ豪槍(そう)でありながら、変幻自在の鞭(むち)であるという圧倒的矛盾。

それを可能にするのが、大英雄が全ての冒険を糧として積み上げた技術の結晶だ。

あらゆる魔獣を仕留めてきたその英雄譚に違わぬ絶技を前に、神威を喪った台風はそのまま弾き散らされるかと思われたが――


それでもなお、グガランナは神獣である。

一度女神イシュタルと神殿を通して繋がったからこそ、その女神がこの世から喪われようとも、膝を屈する事はない。

ましてや、英霊とはいえ、神の力を自ら捨て去った人間の撃ち放った矢などに貫かれる最期をよしとする道筋などどこの世にあろうか。

台風の化身は、そこでようやく眼下に立つ敵意の塊に目を向ける。

グガランナは神獣として、あるいは女神イシュタルの眷属として確かに感じていた。

目の前に立つ人型の何か。

人類としては長身だが、グガランナの巨体と比べれば視認する事すら困難な生物。

だが、それが内包している赤黒い泥と古の大英雄の霊基を感じ取ったグガランナは確信した。

これは、世に解き放ってはならないものであると。

ただ存在するだけで、女神イシュタルが愛した世界を、人間を穢しゆく劇物であると。

先刻までならば許容できた。

神代の空気に塗り替えられた状態ならば、それは危険ではあるが数ある現象の一つであり、大地を穢しはすれど民を害するには至らぬと判断する事もできた。

だが、今は違う。

女神イシュタルが冥界に堕ちた今、それは彼女が治めた土地にとって明確な脅威。

なれば、ここでこの泥を踏みにじり、否定し、闇へと還す事こそが己の役目。

女神が去ったこの世界にまだ顕現し続ける理由の全てである。

グガランナはそう判断し、即座に己の中の優先順位を切り替えた。

己が鎮座するこの土地を消去する事になろうとも、目の前の『神敵』を滅ぼす。

それが世の理であると万里に響かせるが如く、グガランナはその身を――魔力が圧縮された積乱雲を激しく揺さぶった。

大気の震えは、神々の遺した力の高揚か、あるいは目の前に立つ人間への戦慄きか。

暴風は指向性を持ち、米国大陸西部を蹂躙していた風がその瞬間に無風と化した。

全ての風が、雹が、雷が、スノーフィールド西部のただ一点へと収束し、巨大地震をも上回る台風のエネルギーの八割がその雷風の『槍』へと注ぎ込まれる。

これを打ち破る事はもはや神ではなく、地球という星そのものへの反乱である。

そう言わんばかりのエネルギーの塊が、迫り来る大蛇の魔力を纏った矢ごとアルケイデスを消し飛ばそうと撃ち放たれた。

――これこそが力（道理）である。

――これこそが神（世界）である。

――これこそが死（人間）である。

――女神の庇護（ひご）を忘れた者達の手に収まるものなど何もない。

神獣が言葉を持っていれば、そう叫んでいただろう。

撃ち放たれた風雨と雷の槍（やり）は、女神を喪（うしな）った事への慟哭（どうこく）のように空と大地を震わせる。

だが、神獣は忘れていた。

この英霊は、人でありながら人を超える術（すべ）を持っているという事を。

空を舞い続ける、もう一柱の獣は識（し）っていた。

その英霊は、神々の生み出した理の全てに復讐（ふくしゅう）する為（ため）に、己の英霊としての過去を捨て去ったという事を。

結果だけを見るならば、その英霊は既に通常の英霊としての枠を超えていた。

アルケイデス。

元は弓兵として顕現したが、マスターの令呪と混沌（こんとん）と悪意に満ちた『泥』によって変質させられ、復讐者の霊基と化した大英雄。

神と訣別しようとも。

復讐に全てを捧げようと。

それでも、彼の本質は並び立つもの無き大英雄であった。

神獣の咆吼を、断末魔の叫びへと塗り替える事ができる程の。


エネルギーの奔流が、復讐者の英霊を包み込む。

全長数百キロメートルに及ぶ台風のエネルギーが全て凝縮された二本の竜巻が、グガランナの角として突き出され、アルケイデスの立つ位置で交差する。

力の奔流。

英霊としての霊基が、その奥底に流れる泥とヒュドラの死毒もろともに削られる。

撃ち放った『射殺す百頭』の豪撃は竜巻に弾かれる形で四散し、アルケイデスの立っていた場は砂粒すら切り刻まれる処刑場へと変化した。

3秒と経たずにこの世から消滅するであろう死風に呑み込まれた英霊は――

己の存在が三割ほど削られた時点で、静かに嗤った。

「……晒したな」

刹那――世界を包んでいた空気が変化する。

既にイシュタル女神の気配は消え、人としての時代に戻りつつあったスノーフィールドの土地のテクスチャが、再び異質なる環境へと裏返り始めた。

変質の基点は、アルケイデスの削られた霊基そのもの。

まるで損失した霊基を埋めるように、身体に纏う泥のような魔力が、グガランナから流れ込む神気を喰らい始めたのだ。

グガランナが異変を感じ取った時にはもう遅い。

完全に相手を捉えた筈の一撃が、神気と暴風雨のエネルギーを注ぎ込んだ神代の竜巻が、一人の復讐者に捕らえられたのだ。

弾き散らされた筈の魔矢が散った先で魔力を増大させながら大蛇の姿を形作る。

九つに砕き裂かれた矢が九頭の毒蛇の形で再臨し、台風の中でも一際分厚い積乱雲、即ちグガランナの首を絞め落とさんと絡み付いた。

「閉じよ、神獣」

泥と大蛇が喰らった神気が纏めてアルケイデスの身体に雪崩れ込もうとするが、彼はそれを己の血肉として受け入れる事を拒絶する。

「貴様は……貴様らは既に、奉られる側だ」

弾かれた神気が己を離れる事も良しとせず。

アルケイデスはその雷色の神気を、己の魔力と『泥』を駆使する事により、周囲の空間に絡め置く形で強引に捻じ伏せた。

「もはや、人を掌る側ではない」


その言葉に抵抗するかのように、グガランナは吼えた。

枯れかけた魔力を無理やり充填する為、神獣は女神との繋がりの糸を辿り続ける。

異なる土地、異なる世界線、異なる時間、たとえ如何なる未来にも辿り着く事のない場であろうとも構わずに、女神との縁をたぐろうとする。

己ではなく、イシュタル女神は違うと、アルケイデスの言葉を否定する為に。

だが、全ては遅すぎた。

女神イシュタルの残滓は全て消え去り、グガランナの眼ではもう如何なる糸も辿れない。フワワの霊基すら、急速に衰えていくのが感じられる。

それでも、最後まで足掻こうと神獣は己に風を、雨を、雷を収束し続けた。

たとえ己の霊基が過去から未来にかけて全て消え去る事になろうとも、せめて相打ちに持ち込まねば女神に顔向けができぬとばかりに。

最後まで諦める様子を見せず、さりとてどうにもならずに霊基の崩壊を待つばかりとなったグガランナを見上げた瞬間、己も別の形に変質しつつあったアルケイデスの脳内に、一つの光景が蘇(よみがえ)る。

アルゴノーツ。

かの船を護(まも)る為(ため)に、己の命すら懸けて苦難に抗(あらが)い続けた時の景色が。

贖罪(しょくざい)の為(ため)に挑んだ十二の試練とは違う。

ただ純粋に、他者の為(ため)に振るった力。

己の命と背中を預ける事ができた、アルケイデスにとって真なる栄光とも言える船で過ごした日々を。

あるいは身体(からだ)を蝕(むしば)む死毒の狂痛がもたらす幻覚かもしれないが、アルケイデスは相手から魔力を通して流れ込む感情のようなものを感じとり、静かに呟(つぶや)く。

「……貴様にとって、あの女神こそが竜骨だったというわけか」

ネメアの獅子(しし)の裘(かわごろも)に隠されたアルケイデスが、その時にどのような顔をしていたのか定(さだ)かではない。

ただ、彼は崩壊しつつあるグガランナの霊基に、最後の言葉を投げかける。

「我が身もいずれ、この憎悪(ぞうお)ごと朽ち果てる」

相手に通じているかも解らぬ言葉。

アリと巨人ほどの差がある身だが、相手の魔力の本質へと喰らい付いている状態だからこそ、その言葉は神獣の耳へと届く。

「忌まわしき泥も、貴様から奪う神気も、何ひとつ残すつもりはない」

アルケイデスは、己に残された時間を正確に把握していた。

今しがた霊基を削られた事の影響は大きく、その補塡ができたであろう神気を取り込む事はせず、周囲を覆う殻として消費してしまった。

残された時間はあと如何ほどか。

仮に契約者たるバズディロットに何かあって魔力供給が途絶えれば、即座にこの身は泥に呑まれ、英霊としての霊基も意識も全て手放す事になるだろう。

復讐者はそう確信したからこそ、厭悪すべき神々の使いである獣――豪雷と颶風の化身たるグガランナに、最初で最後の敬意を払った。

「空に還るがいい。……貴様は、役目を果たしたのだ」

その言葉が伝わったのだろうか。

神獣は一瞬だけその動きを止めるが、それも僅か数秒の事。

すぐに魔力の収集を再開し、結局はその全てをアルケイデスに奪い尽くされてしまう。

しかしながら、その最後の足掻きからは、憎しみも悲しみも感じられなかった。

それが膨大な魔力の奔流にあてられたアルケイデスの妄想であったのか、あるいは実際に神獣に何らかの変化があったのか、他者が窺い知る事はできない。

アルケイデス本人も、それを確かめる術を失いつつあった。

最後に神獣にかけた言葉も、人としての記憶も、残された命さえもが、グガランナより流れ込んだ膨大なる魔力に押し流され、深い井戸の底へと圧し沈められる。

濁流が何もかもを曖昧に磨り潰そうとする中、それでも自我を保ち続ける事ができたのは、まさしく彼が驚嘆に値する大英雄である事の証左でもあった。

その最後の光すら薄まりつつある中、再び世界が曖昧なる境界へと傾き始める。

ただ一つ確かだったのは——この瞬間、スノーフィールドの地に、女神イシュタルに代わる脅威が現れたという事だけだった。

×　　　×

スノーフィールド西部　森林地帯

「アヤカ⁉」

憔悴しきった挙げ句、意識を失ったアヤカ。

地面に倒れ臥しかけた彼女を寸前で支え、その身体を抱え上げながらセイバーは周囲の魔術師達へと告げた。

「すまない、暫くマスターを護る事を優先する！」

「当然の事だ。気にするな」

いつの間にか馬に乗って傍に現れたライダーがセイバーの声に応え、辺り一帯を守護するかのように、上空にいる謎の存在を睨めあげる。

上空にいる存在は、倒れたアヤカの様子を探るようにこちらを見下ろしていた。

「あれは……英霊ではないが、神秘に近しいものだ。油断できる相手ではない」

ライダーは弓を手にしているが、まだ天に向けてはいない。

恐らく、こちらから敵対的行動を取るつもりはないという意思を示すものであり、同時に、後手でも間に合わせるという決意の表れでもあった。

同時にセイバーは、ライダーが常に西方の雷雲にも意識を向け続けている事にも気付いたが、隙に繋がるような挙動ではなかった為に特に指摘する事はしなかった。

「行け、こちらは我々に任せろ」

「……恩に着る！」

セイバーは即座に馬を顕現させ、アヤカを抱えたまま器用に飛び乗り、全力で森の跡地であるぬかるみの中を駆け出した。

「……」

沈黙していた上空の人影——ティアと名乗っていたその個体が、その指先をセイバー達へと向けるが——互いの合間に蝶（ちょう）が舞い、空間の全てを曖昧にする。

故に、ティアが撃ち放ったガンドはその世界の揺らぎの中に拡散してしまった。

「おっと、礼を言おう。現代の宮廷魔術師よ！」

「気にする必要はありません、セイバーの英霊よ。貴殿があの兇険（きょうけん）なるバーサーカーを相手取ったのに比べれば、些細（ささい）な事です」

馬を駆りながら告げられたセイバーの言葉に、蝶魔術（パピリオ・マギア）を用いてティアの攻撃を防いだ青年、ヴェルナー・シザームンドが答えた。

そして、セイバー達が姿を消したのを見届けた後、ヴェルナーは改めて上空に目を向けた。

「追わないのかい？」

「その蝶の魔術……今は距離まで曖昧にできる段階だろう？」

「さて、どうだろうね。時に、この魔術の位階すら曖昧になるのでね」

一手誤れば致命的となりうる魔術を防いだ直後だというのに、あくまでも優雅な動作で魔術を構成し続ける。

かといって、状況を軽んじているわけではない。

その儀典めいた所作の一つ一つが、蝶魔術を操る為に最適化された動きであった。

蝶の生み出すはばたきが世界そのものを曖昧にするが故に、対照的に自らの型を重視する事で、己自身をこの世界のアンカーポイントとしているかのようにも見える。

そんな彼に、遠坂凛が刺々しい口調で言った。

「ヴェルナー！　今までどこに行ってたのよ⁉」

彼女の髪はすっかり元の黒髪に戻っているが、まだ身体の魔術回路に違和感があるのか、体内に魔力を循環させながら手の平を何度か開閉している。

「先生からの要望でね、偉大なる文豪の魔術考証をしてきたのさ」

「何を言ってるのか良く解らないけど、貴方の魔術の調子を見る限り、まだこの辺りは曖昧って事でいいのね？」

周囲からイシュタル女神の神気は消え、世界が裏返ろうとしていた。

「もちろんだとも、遠坂凛。君も既に原因は把握しているのだろう？」

「当然」

彼女が見たのは西方に浮かぶ巨大な雷雲。

まるで雲に包まれた小さな太陽が顕現したかのように、それは眩く輝いている。

ここからですら肌に痺れを覚えるような雷の雲が、竜巻のような速度で回転しながら荒野の空に浮かんでいた。

濃密な魔力と神気によって引き起こされ続ける雷霆は更に成長を続けており、このまま星すらも呑み込んでしまうのではないかという予感さえ覚える代物である。

そんな積乱雲に意識を向けるヴェルナー達に、アヤカへの攻撃を妨害されたティアが告げた。

「邪魔をするのか。エルメロイ教室」

「セイバーのマスターとの同盟関係は、まだ続いているものでね」

貴族然とした微笑を浮かべながら、ヴェルナーが言葉を続ける。

「それに……いつも通りの事だとも。相も変わらず愚かな真似をしているエスカルドス先輩の後始末をするのは」

「……言っただろう。あいつは消えた。もう、どこにもいない」

まるで自分自身に言い聞かせるような物言いだが、ライダーのマスターである面々は、そんな言葉には怯まない。

眼鏡をかけた巨漢のオルグ・ラムが、淡々とした物言いで問い掛ける。

「それは、本当に公平な観測結果なのか？　貴殿の願望ではなく」

「……なんだと？」

「貴殿としては、このままフラット殿が消えていた方が都合が良い。そうではないのか？」

刹那──感情を殆ど見せていなかったティアの顔に怒気が滲み出し、周囲を巡る小さな『星』を高速回転させながら言った。

「僕が……あいつが消えた事を喜んでいるように見えるのか？　自由になったと世界を謳歌しているとでも……？」

呪詛のような魔力が、オルグの身体に絡み付こうとするが──彼は、手にした車輪のような呪具でその魔力を受け流しながら言葉を返す。

「む……誤解をさせたようだ。謝罪しよう。すまなかった」

「……？」

本気で申し訳無さそうにしているオルグを見て訝しむティアに、カウレス・フォルヴェッジが溜息を吐きながら言った。

「そりゃ誤解もされるよオルグ……。ヴェルナーは迂遠だし君は言葉を削ぎ落とし過ぎるし、どうしてうちの教室の後輩は話し方が極端なのばかりなんだか……」

半分愚痴のような事をぼやき、カウレスは空に浮かぶティアを見上げながら続ける。

「悪い。オルグが言いたかったのは、つまり……フラットが下らない殺し合いに参加しなくていい、今の状態が続いて欲しいと思ってるんじゃないかって事さ」

「……」

想定外の答えが返ってきた事に戸惑うティアが、その部分について何か言葉を返そうとした。

だが、次の瞬間――

西方からの輝きが増し、その場にいた全員がそちらに意識を向ける。

グガランナの霊基が完全に消滅し、代わりに現れた全長数キロメートルの積乱雲。

その積乱雲の中心から感じられる魔力が、ゆっくりとこちらに向かって移動を開始している。

セイバーやマスターの霊基を感じ取ったのか、あるいは直線上にあるスノーフィールドの町の地下にある大聖杯に引き寄せられているのだろうか。

「こっちに来るっぽいんですけど？　カウレスっち、何か言う事ある？」

「なんで俺に聞く？」

「フォルヴェっちは電気の専門家でしょー？」

「修理工みたいに言うなよ……」

ペンテル姉妹に目を向けられたカウレスは、溜息を吐きながら改めて西方の雷霆を見る。

「英霊の霊基自身が核になって、雷の放出をコントロールしてるけれど……あれじゃあ自分もあの積乱雲からは離れられない」

「それなら、あの雷を止めればいい……って単純な話じゃなさそうね」

凛の言葉に、カウレスが頷く。

「ああ。あの積乱雲の魔力で、自分の霊基そのものの崩壊を防いでる感じがあるな……。取り込めば安定するだろうに、それをしないのには理由があるのか？」

観察を続けるカウレス。

「……まるで磔刑（たっけい）だな。でも、なんだか無性に気に食わない」

彼は独り言のように言い、僅かに顔を顰（しか）めた。

自分でも理由の解（わか）らぬ情動を感じつつ、冷静に分析を続けるカウレス。

「少なくとも俺の手に負える事じゃない。アルカリ電池と原子力発電所を比べるようなもんだ。他のみんなの見解は？」

「手に負えない、という部分は同意だな」

苦笑するフェズグラム・ヴォル・センベルンをはじめとして、他のエルメロイ教室の面々も同じような調子で苦笑していた。

「だから言っただろう。お前達の、ただの魔術師の出る幕はもう終わっている。いや、あれはもうサーヴァントですら踏み入れられる領域じゃない。大聖杯を破壊して魔力が霧散するのを待つ方がまだ効率的だ。帰れ」

ティアは吐き捨てるように言うが——

「それは無理ね」

遠坂凛（とおさかりん）が断言した。

もはや彼女はティアの方を見てすらおらず、西の空からこちらにゆっくりと近づいて来る雷霆を見据えている。

女神との闘いでいくつかの死線を潜り抜けたばかりだというのに、彼女の態度はなおも疲弊した様子を見せていない。

そんな彼女に、いや、全く絶望した様子を見せぬエルメロイ教室の面々を見下ろし、ティアは心の中に正体不明のざわめきを覚えながら、呻くように問う。

「何故、逃げない。フラット・エスカルドスの為か？　それとも本気でこの聖杯戦争の勝者を目指すつもりか？」

「魔術の扱いは繊細になったというのに、短絡的なのはフラットと変わりませんのね」

クスリと嗤うルヴィアだが、彼女はその笑みを苦笑に変えながら言った。

「もっとも……私達がやろうとしている事こそ、短慮の極みというものですが」

彼女の言葉に合わせて、一歩前に出る影が一つ。

魔力の増幅により、より精悍な身体つきとなった戦馬に跨がっているライダーである。

「良いのか、マスター」

単純な問い掛け。

ライダーはエルメロイ教室の全員を――魔力供給の為だけに加わっているドリス・ルセンド

ラすらも平等にマスターとして尊重しているが、最初に自分と縁を結んだ遠坂凛を選んで問い掛ける。

「約束したでしょう。こっちの手伝いもしてくれたら、決着はつけさせてあげるって」

呆れたように溜息を吐きつつ、凛が続ける。

「正直、無謀だとは思うけれど、契約は契約よ」

ちらりとティアの方に意識を向けながら、凛はライダーに裏拳を向け、気合いを入れるように馬上の足を叩いた。

「こっちの問題が片付いたら、バックアップは全力でするわ。それと……あの泥みたいな魔力の厄介さは、当然覚えてるわよね？」

「ああ。もし私が取り込まれたら、迷う事はない。令呪で私を縊り殺せ」

あっさりと告げるライダー。

彼女は自棄になったわけではなく、復讐やその他の感情に囚われているわけでもない。

「最後になるかもしれないから、もう一度聞いておくわ」

凛もまた、周囲のエルメロイ教室の生徒達を代表するかのように、真っ直ぐな瞳でライダーを見つめながら問い質した。

「あなたがアレと戦うのは、女王や巫女としての使命感ではないのね？」

単純な問い。

　だが、短い期間ながらも、このマスター達と共に過ごしてきたライダーは、それが何よりも重要な問いだという事を理解していた。

　故に、嘘も偽りもない、本心からの言葉を口にする。


「私が、戦いたいからだ」


　そう答えたライダーは、どこまでも穏やかで、それでいて自信に満ちあふれた笑みを浮かべていた。最初にアルケイデスと相対した時の怒りも戸惑いも全て過去に置き去りにし、彼女はただ、自分の純粋なる我が儘だけを口にした。

「全力で、出し惜しみ無く。女王や巫女としての自分がそこに無いとは言わない。だが、復讐や使命感などではない、私がやりたいからそうする。それだけだ」

　凛だけではない、この場にいたエルメロイ教室の全員が、ライダーの言葉を聞いて困ったように苦笑する。

　令呪を用いて真実を述べる誓約をさせようと、ライダーの答えは変わらないだろう。

「魔術師としてはあまりにも短慮だとは思うが……」

　時計塔の魔術師として『色位』の称号を持つヴェルナー・シザームンドが、この瞬間だけ、魔術師ではない顔を覗かせながら言った。

「エルメロイ教室（先生の教え子）の中に、その言い方をされて拒絶できる者はいない」

使い魔でも英霊でもなく、同じエルメロイ教室の同胞に向けるかのような言葉を。

直後にイヴェット・L・レーマンが『流石（さすが）に妄想入ってるぅ……私は普通に拒絶するし……』と呟（つぶや）いていたが、それも含めて苦笑で受け流すエルメロイ教室の面々を見て、ライダーもつられて表情を緩ませた。

「感謝する。私ではどれだけ足止めができるかわからないが、全力は尽くすと約束しよう」

それを聞いた遠坂凛（とおさかりん）は、ライダーの中に、まだこちらを気遣う色がある事を見抜く。

恐らくは、上空にいるティアや、街に現れた新しい気配の事を危惧しているのだろう。

この闘いに出向けば、もう戻ってはこられぬ可能性が大きく、ここでマスター達を護（まも）る事ができなくなるのはサーヴァントの在り方ではないのではないかと。

そんなライダーに対し、凛（りん）が自信に満ちた笑みで口を開いた。

「呆（あき）れたわね……まさか、私のサーヴァントのくせに、負けるつもり？」

遠坂凛（とおさかりん）は、最後にマスターとして、あるいは唯一の聖杯戦争経験者として、ライダーに一つの激励を投げかける。

「倒してしまっても構わないわ」

「……！」

「どこまでも思うままに駆けなさい、ライダー」

「……心得た」

凛の言葉を聞いたライダーに、もはや一欠片も惑いもなかった。

自分は最高のマスター達と巡り合えたという自負を胸に、愛馬の手綱を握りしめる。

刹那、積乱雲から吹きすさぶ風が、別の強風によって押し返された。

駆け出したライダーが、馬とは思えぬ程の速さで、文字通り風となって進撃する。

魔力の圧力も何もかもを切り裂きながら、アマゾネスの女王はただ駆ける。

己が聖杯戦争に顕現した目的を果たす為に。

女王としても、巫女としても、ヒッポリュテという一人の英霊としても——

どこまでも自由に、彼女はテルメーの沃野を駆け抜ける。


「……正気か？」

まさに神速。

あっという間にその姿を消し去ったライダーの背を見送るエルメロイ教室の面々に、ティア・エスカルドスがそんな言葉を投げかけた。

何かの罠ではないかと思って警戒していたが、なんの事はない。

彼らは、エルメロイ教室の面々は、己の英霊をこの場から切り離し、死地としか思えぬ積乱雲の下へ向かわせたのだ。

「僕という存在を前にして……切り札であるサーヴァントを送り出したのか？」

元々他者に感情を見せぬ表情を浮かべがちなティアだが、流石に困惑をしていると解る顔でエルメロイ教室の人間達に問う。


ティア・エスカルドス。

本来ならば、フラット・エスカルドスという存在が消えた以上、聖杯戦争からは無縁の存在である。

令呪が一画残ってはいるのだが、それを使う理由そのものがないのだ。

ティアは何故自分がここに残っているのかを考えた時に、明確な答えを出す事はできない。

フラットを殺した実行犯達は始末した。

指示をした背後の者達はまだ存命だが、それはこの聖杯戦争の中で行う必要はない。

後で油断している所を攫い、何年もかけて復讐をする事もできる。

それでも、この場を離れられないのは――

……『俺(フラット)』の為(ため)、とでも言うつもりか？

——馬鹿な。

在り続ける。

メサラ・エスカルドスからの唯一のオーダー。

単純明快にして、何よりも難しい指示。

——ああ、そうだ。

——だからこそ、僕はギリギリまで観察し、その力を取り入れるべきだ。

この地には、サーヴァントという形で星のその記録を刻み込んだ英霊達が顕現している。

神々と呼ばれるかつての支配者達の姿まで見られる機会など、恐らくもう存在しないだろう。

ならば、その全てから学習し、今の身体(からだ)に適応させなければならない。

あるいは、聖杯の力。

今、小聖杯と呼ばれる存在のホムンクルスは、エルメロイ教室の数名が保護して結界で護(まも)ろうとしていた。

西の空での闘いに決着がつけば、そこに膨大な英霊の魂が神性を伴って貯蔵されるだろう。

——大聖杯の方からは、あのアーチャーと同じ禍々(まがまが)しい魔力を感じる。

——だが、ライダーの方が敗れた場合、混じりけの無い神性を奪う事は可能か？

意識が芽生えてからこの瞬間に至るまでの中で、最も力を渇望(かつぼう)していた。

ティアは知っている。

人類が、如何(いか)に異物を怖(おそ)れる存在であるかという事を。

並外れた天才性を持ち合わせたが故に、己の両親にすら殺されかけたフラットを誰よりも誰よりも間近で見て来た。

数少ない例外は、乳母代わりであったホムンクルスと——眼下にいる者達。

だからこそ、ここで決めなければならないとティアは感じていた。

共存を選ぶか、あるいは圧倒的な力で支配するか。

——……迷うまでもない。

——『俺(フラット)』は、歪(いびつ)な共存を目指していた。

——人類を、星の海に出る為(ため)の効率の良(い)いパーツとしか思って無かった癖に……。

——その道具と共に生きて、共に笑い合おうとすらしていた。

——だから、『俺(フラット)』は死んだ。僕だけが生き残った。

己自身に歯噛(はが)みをしながら、ティアは静かに心を殺していく。

聖杯戦争の中に踏(ふ)み止(とど)まり、国家も、魔術協会も、フラットの母親達も、上級死徒ですら止められぬ力を掠(かす)め取(と)る。

ならば、真っ先に捨てなければならないのは甘さだと考え、次に成すべき事を決定した。

「まさかとは思うけれど……警告を無視した君達を、僕が笑って見逃すとでも？　ライダーの支援？　君達にそんな事をできる未来があると思っているのか？」

言葉の温度を下げていく。

周囲に巡る星に魔力を込め始める。

──そうだ、これは試金石だ。

──僕が、俺……フラット・エスカルドスの影を振り切る為の。

──メサラ・エスカルドスが残した、本来の自分の使命を取り戻す為の。

己の精神を俯瞰し、目の前にいる者達を『フラットの級友』から『敵である、旧世代の人間』として切り替えようとした、まさにその瞬間──

心の底から不思議だと言わんばかりに、遠坂凛がティアに向かって首を傾げた。

「何言ってるの？」

「？」

「あんたもやるのよ、ライダーのサポート」

「……は？」

それは、完全に不意打ちとなる言葉だった。

本当に、心の底から、遠坂凛が何を言っているのか理解ができなかったのだ。

もしや既に遠坂凛は、女神イシュタルとの闘いで精神を完膚なきまでに壊されているのではないかとすら考えた。

あるいは、本気で自分をフラットの別側面に過ぎないなどという勘違いをしているのかと苛立ちかけた瞬間、それを見越した様に凛が言葉を続ける。

「ティア・エスカルドス」

それは、先ほど告げた自分の名前であった。

その物言いからして、彼女は間違い無くフラットではなくティアという個別の存在と認識してこちらに呼びかけている。

ますます困惑するティアに、凛は堂々とした調子で、赤い悪魔と呼ばれる所以を見せつける。

「あんたもエルメロイ教室の一員でしょ？　ここに居合わせてる以上、一人だけサボるだなんて許すと思う？」

「いや、待て。ちょっと待て。何故そうなる……？」

すると、凛に同調するように、ルヴィアが言った。

「あら、私達は別に、力尽くで従わせても構いませんのよ？」

「……」

続いて、明らかに楽しんでいる表情で、ペンテル姉妹が挑発のような言葉を口にする。

「君の相方、まーた名前書いてあるプリン食べたでしょ？」

「そうそう、フラットが留守にしてるっていうなら、責任は君が代わりにとってよね」

「何を馬鹿な……」

　こんな場で、しかも今の状態の自分に対して言うような文句ではない。

　そもそも、やったのは『俺』であって『僕』ではないと主張すべきかどうかすら迷った。

　まともに取り合う事で、相手の――『エルメロイ教室』のペースに取り込まれてしまうのではないかと。

　一瞬の逡巡(しゅんじゅん)の間にも、魔術師達は次から次へとフラット『達』への言葉を投げかける。

「俺も、お前らの起こした騒動で、3000万ユーロの礼装ぶっ壊されたんだぞ？」

「時計塔の英雄史大戦のチーム名を勝手にエルメロイ・フレンドシップにしたよな？」

「法政科のムジークの奴(やつ)のホムンクルスにまで、変な映画見せたでしょ？　あれが巡り巡って私の卒業が半年遅れたんだからね？」

「実家のリベンジとかわけわからん事言って、校舎をマカロンで埋め尽くしたの忘れてないぞ」

「聖堂教会のお偉いさんの人形使いを怒らせて、先生とボクらを巻き込んだよね？」

「蒼崎橙子(あおざきとうこ)の鞄(かばん)の中の『アレ』に餌をやろうとした時は、流石(さすが)に寿命が縮んだな」

「そもそも教授の荷物の中身を勝手に透視するな」

「内側からずっと見てたのにあのバカを止めなかったのは、いったいどういう了見だ」

三十人前後いるエルメロイ教室の面々が、口々にそんな事を言い始めた。

軽口や冗談としか聞こえぬものから、一定の知識を持つものが聞けば壊滅的な危機すら想起させるものまで、様々な情報が口々に語られる。

「だが、流石にフラットがしでかした事まで君に押しつけるのは紳士的ではない。故に、私はエルメロイ教室の生徒として協力を願いたい。もちろん、君が妨害するつもりだと言うなら、ルヴィアゼリッタ・エーデルフェルトの言うように力尽くで対応するが」

ヴェルナーの言葉にそうだそうだとばかりに頷くエルメロイ教室の生徒達を前に、ティアはいよいよ自分の方がおかしくなったのかと疑い始めた。

遠坂凛だけではない、誰も彼もが、自分をティアであり、フラットとは別個体であると認識した上で——その上で、『手伝え』などと言ってくる。

「力尽く……？」

そう呟く事で、ティアはヴェルナーの言葉の中にあったとある一節を強制的に排除した。

このままでは押し流される。

数の暴力にではない。

切り捨てようとしていたフラット・エスカルドスとの思い出に足を搦め捕られると判断したティアは、それを振り払う為に、膨大な魔力を己の周囲にある『星』の一つに流し込み、サーカステントほどもある巨大な炎の玉へと変じさせて頭上に掲げた。

「……僕に、勝てるつもりか？」

すると、その煌々たる炎に照らされた凛が不敵に笑う。

「あったりまえでしょ？　何年あんた達のゴタゴタに巻き込まれたと思ってるのよ。モナコで貴方の家族にまで振り回された事も、大きな貸しだと思わない？」

炎に照らされた凛の凶悪な笑みは、まさに赤い悪魔と渾名されるに相応しい。

「ライダーを待たせるつもりはないの。3分で終わらせるわ」

他の生徒達も、苦笑する者から露骨に顔を顰めるものまで様々だったが、この場から逃げだそうとしている者は一人もいなかった。

そして、ティアは思い出す。

エルメロイ教室全体を蔑む声の中で、赤い悪魔に類する渾名が一つあったと。

——悪魔の巣窟。

鉱石科で怖れられる赤い悪魔ですら、エルメロイ教室の中では特別ではないのだと。

三十人近い魔術師がこちらを見据えるのに合わせ、遠坂凛が宝石を周囲に展開しながら宣戦を布告した。

「覚悟なさい」

「今日は、馬鹿騒ぎを止める先生は来ないわよ？」

×　　×

スノーフィールド市街地　路地裏

「今日は……貴様の命を取りなす女神を連れていないようだな」

そう呟いたのは、まるで悪魔のような雰囲気に身を包んだ男。

あの異様な霊基の強さを持ち合わせたアーチャーのマスターだ。

ハルリはそれを理解しつつ、確認するかのように名を呟く。

「バズディロット・コーデリオン……」

彼女の全身から、冷たい汗が滲み出した。

イシュタル女神の祭祀長として選ばれ、彼女の精神は数日前よりも格段に強くなっている。

だが、それでもハルリは目の前の男から感じる恐怖を拭い去る事ができなかった。

今の彼もまた、数日前とはまるで別人のような魔力を内包していたからだ。

彼の全身から滲み出す、意思を持った毒蛇のような赤黒い魔力。

それに加えて、今はその魔力の中に禍々しく変質した神気が混ざり込んでいた。

ハルリはその神気が、先刻まで西の台風の中に渦巻いていた、イシュタル女神の麾下にあった神獣のものであると気付く。

アルケイデスがグガランナの霊基を奪った事により、その神気が『泥』を介して逆流しているのだ。

「そんな……ありえない」

思わず、ハルリは呻く。

「ここまで膨大な魔力と神気……人間の器と精神で耐えきれるものじゃない……」

「だろうな」

淡々と、バズディロットは答える。

その言葉を受け、ハルリも気付いた。

非常に緩やかなペースではあるが、バズディロットの魔術回路や刻印が崩壊し始めているという事に。

持って、あと数日といった所か。

以前のハルリならば分からなかっただろうが、イシュタル女神の加護を受け、その際に魔術回路が僅かに変質した今ならば理解できる。

――この男は、確実に死ぬ。

――そして、この男自身も、それを理解している。

赤黒い『泥』の浸蝕だけならば、恐らくは己の支配魔術と狂気に近しい精神で耐える事ができていたのだろう。

「どうして……」

気付けば、ハルリは尋ねていた。

次の瞬間に自分を殺してもおかしくない相手を前にして、それでもなお問い掛ける。

「あなたほどの人なら、令呪で制御する事も、英霊とのリンクを強制的に切る事もできた筈なのに……」

ハルリは知らない。

眼前のバズディロットという男が、全ての令呪を使い果たしているという事を。

もっとも、仮に令呪が残っていたとしても、バズディロットがそれを使ってアルケイデスを制御したかどうかは別の話ではあるのだが。

バズディロットは、ハルリの問いに淡々と答えた。

「俺の命など、些事だ」

やはり、ハルリは知らない。

眼前に立つ男は、命をまるで燃料のように使い潰し、魔力結晶へと変化させる冷徹な男だという事を。

やはり、やはりハルリは知らない。

バズディロット・コーデリオンという男は――自分自身の命すら、刹那の燃料に過ぎぬと考えている事を。

「尽きる前に、聖杯を手にすれば……あとは俺のサーヴァントがこの国を破壊するだろう。奴の目指すものは違うが、その過程でこちらの目的も果たされる。それだけの話だ」

目の前の男の現状について何も知らないハルリではあったが、彼女は即座に確認した。

この男は、本気で聖杯を獲りに来ている。

だが、その結果に自分の延命を含めていない。

聖杯がたとえ偽物であろうと、莫大な魔力リソースを用いれば、あるいは魔術刻印を通して肉体の再構築も叶うだろう。

しかし、彼は違う。

そのリソースも含めて、全てを己のサーヴァントに渡すつもりなのだ。

――あの、巨大な毒蛇を撃ち放った英霊……。

――目的は分からないけれど、この国を……破壊する？

「……関係ない人が、何人も死ぬ」

「ああ、そうだ。関係のない人間だ」

やはり淡々と答えるバズディロット。

「貴様がそれを言うのか？　女神に魂を捧げた魔術師である、貴様が」

「！」

己のサーヴァントを通してか、あるいは何か別の方法を用いてか、こちらの事情はある程度把握しているようだ。

警戒するハルリに、バズディロットは問い続ける。

「あの女神の時代になれば、関係ない人間も全て救われたと？」

「……イシュタル女神様は、縁のある人間であろうとなかろうと、命を奪い、救いもします。ですが……破壊そのものを目的とする事はありません」

「どの神でも似たようなものだと言いたいのか？　女神が消えた後にも義理立てしている所を見るに、貴様は本当に魔術師ではなく……巫女と成ったのだな」

身体は崩壊の激痛が繰り返しているであろうに、バズディロットは昆虫を思わせる無表情でこちらを観ていた。

「ええ……私も、最初は今のあなたと同じでした」

「同じだと？」

「私の両親を殺した魔術世界に復讐する為に……関係のない人達を大勢巻き込もうとした」

「……復讐者が、女神に救われたというわけか」

僅かに考えるような素振りを見せるが、身体に纏う魔力は毒々しく蠢き続ける。

ハルリは相手の次の挙動が読めずに、全身から緊張を解くことができない。

呼吸の乱れですら致命的な隙となりかねない状況に、ハルリは全身の魔力回路を張り詰めさせた。

「女神の加護も赦しも必要ない」

だが、バズディロットはやはり淡々とした調子で言葉を紡ぐ。

「俺としては、もはやお前に興味もない」

そして、彼は続けた。

「だが……英霊は別だ」

「！」

「これから、ファルデウスを始末する為に街の地下に向かう。それに協力するなら、マスターである貴様の事は生かしておこう。サーヴァントも、殺す順は最後にする」

ファルデウスの事はハルリも知っている。

元々フランチェスカに声をかけられた自分だが、開始の直前までファルデウスが拠点としている施設に居たのだから当然と言えば当然だ。

バズディロットのような他のマスターと顔を合わせる機会はほぼなく、ドリス・ルセンドラと名乗る同世代の魔術師と挨拶を交わした事しかない。

そのドリスはまだ生き延びているのだろうかと思う事は何度かあったが、今は他者を気にしている場合ではなく、ハルリは静かに問い掛けた。

「ファルデウスを……何故？　彼は運営側じゃ……」

「こちらを裏切った。今は、街の地下から大聖杯を持ち出そうとしているようだ」

「……っ！」

それは、ハルリも初めて知る情報である。

真偽も含めて考えようとするが、目の前の男はそこまで悠長ではなかった。

「選べ。ファルデウスを狩るなら、サーヴァントと別れの言葉を交わす時間をやろう」

「断ったら……？」

「ここで死ぬだけだ。貴様はともかく、サーヴァントは確実に始末する」

――本気だ。

――フランチェスカめ、何が『選択肢』だ。

背後から覗いているであろうフランチェスカを恨みながら、それでもハルリは堂々と立つ。

――怯えてはダメだ。

――それは弱みになり、交渉にすら辿り着かない。

――この子を、護れない。

イシュタル女神の最後の言葉に殉じるべく、ハルリは覚悟を決めながら呼吸を整えた。

「バーサーカーは確かに弱ってはいますが、魔術師が英霊に敵うとでも……？」

「その英霊を護りながら言う台詞ではないな」

ハルリの立ち位置は、まさにバーサーカーを守護する形にしか見えない。

実際、今の弱り切ったバーサーカーでは、人間の魔術師を相手に後れを取る可能性は充分にありえた。

しかし、それは無策で立ち向かった場合。

ハルリはまだ令呪を一画残している。

恒常的な力は取り戻せぬにせよ、一度だけなら全盛の力を取り戻せる可能性はあった。

だが、ハルリとしては文字通り最後の切り札となる為、使いたくはない。

ハッタリと駆け引きで乗り切るしかない状況であり、なんとかしてこの膠着状態を交渉の場まで引き上げなければならないとハルリは全力で思考を回転させた。

が、そんな彼女の脳味噌を掻き乱す存在が。

「ふふふ、どうやらお困りのようだね！　ハルリちゃん！」

背後でずっと観ていたフランチェスカが、意気揚々とガレージの中に入り込んできたのだ。

「困った時には私を頼ってくれなきゃ！　お姉さんは悲しいぞう？　まあ、選択って言ったからには、肯定でも否定でもどちらも選べる道は最低限用意してあげるよ？」

傘をクルクル回しながら、場の空気を読まずに口を開く。

「バズディロット君も久しぶりだねー！　何年ぶりかなあ！　工場を幻術で直してあげた時以来だから……おや、数日ぶりだったね！　相変わらず殺伐としてるけど、そんなんじゃ女の子にモテないぞ？　私がそんな君にモテる秘訣を教えてあぼうぇっ」

刹那――胡乱な台詞を最後まで紡ぎ終える事なく、フランチェスカの身体が吹き飛んだ。

バズディロットの身体を取りまいていた赤黒い泥のような魔力、その内側より、なんの予兆もなく泥の色のままに輝いた雷光が発射されたのだ。

その赤黒い雷の直撃を受けたフランチェスカは、弾かれるようにガレージから叩き出され、敷地の中に積まれていた資材の山に叩き込まれる。

派手な音を立てて崩れる資材。

「……奴との付き合い方を教えてやろう」

そう言うが早いか――土煙を上げる資材置き場に、二度、三度と赤黒い雷撃を叩き込むバズディロット。その表情には欠片も揺らぎはなく、怒りも苛立ちもなく、ただそれが必要だからとばかりに、事務的にその作業を続けていた。

そして、ようやく手を下ろしたかと思うと、やはり感情を一切見せぬままハルリに言う。

「話に、一切耳を傾けるな」

唐突なフランチェスカへの攻撃であったが、ハルリは彼女の心配は一切せぬまま、別の事に驚愕(きょうがく)を覚えていた。

──今のは、何⁉

──あの威力の魔術が、なんの先触れもなく……直接発動した？

──一工程(シングルアクション)ですらない……。

そして、ハルリは気付く。

「そん、な……」

今しがたの雷光から、ハルリがネオ・イシュタル神殿で感じ取っていたグガランナと同じ質の魔力が含まれていた事に。

バズディロットが魔術として発動したものではない。

それは、ひとつの絶望的な事実を示していた。

アーチャーのマスターであるこの魔術師は──

『泥』を介して、サーヴァントが奪った神の雷を行使するという事を。

×　　×

路地裏　屋上部分

「……やられたようだが？」

資材の山の下敷きとして消えたフランチェスカの姿を屋上から見ていたジェスターが、眼を細めながらフランソワに問う。

「クックック……奴はプレラーティの中でもそこそこの弱者……って事で納得しない？」

「選択肢を与えると大口を叩いておいて、この始末か？」

「うーん。どうしよう、幻覚でも分体でもない、正真正銘もう一人の自分があっさりやられるのを観るのって、ちょっと面白い！　こんなのサーヴァントにならないと経験できない事だよ⁉　なんだか興奮してきた！」

ソワソワしながら笑うフランソワを観て「変態め……」と呟くジェスターだが、フランソワはそんな言葉は無視してあっけらかんと笑った。

「ま、あの程度じゃ死なないでしょ！」

「ひとつ聞いておくが……貴様らは、本気で聖杯を獲りに来る気があるのか？」

ジェスターの問いに、フランソワは首を振る。

「欲しいとは思ってるよ？　第三魔法とか、その先の……冬木の御三家が求めたような高潔で面倒な結果じゃなく、純粋に、魔力に満ちた願望器としてね」

「貴様らが、今さら願望器などというものを必要とするとは思えんが？」

「そのレベルの魔力が要るのさ。大迷宮の壁を壊して、最奥の錠前をこじ開けるには、ね」

やはりあっさりとした調子で答えたフランソワの言葉だが、ジェスターは一瞬考えた後に眉を顰めた。

「大迷宮……まさか、コーバック・アルカトラズの大迷宮か？」

コーバック・アルカトラズと呼ばれる、２０００年以上の時を生きる上級死徒。

それが、己の身と至上の宝物を隠す為に作ったと言われる大迷宮の伝説があった。

至上の宝物とは、世界の全てを記した記録であるとも、神の愛を証明する聖典であるとも、宇宙の複製であるとさえも言われていた——要するに、与太話の類である。

少なくとも、噂でしか聞いたことがないジェスターはそう認識していた。

「呆れたな、そんな噂の為に……いや、仮に真実だとしても、その宝とやらを手に入れて何をするつもりだ？」

「んー……そんな宝が本当にあるなら、僕も欲しいし、人間に広く開放すべきだっていう考えはあるけれど、純粋に、開かない迷宮って開けたくならない？」

「……」

「少なくとも……霊墓アルビオンみたいに、魔術世界ががんばってチャレンジできる場所にはしてあげたいんだよねえ。今のあそこって、宇宙と同じノリで複雑化し続けてるから……入り口にすら辿り着けない迷宮なんて嫌でしょ？」

どこまで本気なのか分からぬフランソワの言葉に、何か皮肉のひとつでも投げかけようかと思ったジェスター。

しかし、それに先んじる形でフランソワが少しだけ真剣な顔をして言った。

「ただ……多分だけど、マスターが聖杯の力を手に入れたら、違う事に使うんじゃないかな」

「何だそれは？　お前達は、自分同士なのだろう？」

「英霊と生身っていう最大の違いはあるよ？　男女差とかそんな以前の問題さ。それに、人間だってたった数日の間、死地を潜り抜けただけで人格が変わる事もある。ずっと同じ考えが続いてる方が不思議じゃない？」

ジェスターはそこで沈黙し、考える。

少なくとも、今のフランソワというキャスターは、フランチェスカというマスターを、『人間であり、自分とは異なる存在』だと認識しているようだ。

――フランチェスカの方は気付いているのか？　その致命的な差異に。

考えこむジェスターを嘲笑うかのように、フランソワは楽しげに笑い出す。

「まっ、結局はついでだけどね！　僕達はただ、この聖杯戦争に参加した人間達の顔を間近で見たいってだけさ！　それが一番だよ？　いや本当に」

「詭弁だな。貴様のような下等な魔物の言葉など、それこそ数刻と経たず覆るものだ」

「それはそう。……まあ、少なくとも楽しみを放棄するって事はないから、マスターもなんだかんだでしぶとく頑張ると思うよー？」

だが、いっこうにフランチェスカが出てくる様子がない瓦礫の山を眺めながら、フランソワは微笑みに僅かに冷や汗を浮かべてジェスターへと問い掛けた。

「でも、万が一ここでマスターの僕が死んでたら……その時は消えちゃう前に、僕の新しいマスターになってくれる？　令呪残ってるでしょ？」

「断る」

「即答じゃん！」

「我が令呪は、あの麗しのアサシンと繋がる為だけにある！　貴様のような汚らわしい魔物と契約を結ぶ筈もない。この私が、そんなに安い男だと思ったか……？」

　怒りを込めた否定の言葉。

　だが、フランソワ・プレラーティはその感情を受け止め、妖艶に笑いながらジェスターの胸元に顔を近づけた。

　そして、心臓の上あたりを指で艶めかしくなぞりながら、挑発するように言う。

「誤解だよ誤解。そんなわけないでしょ？　……安い『男』だなんて思ってないよ？」

「貴様……何度も何度も……」

「君は寧ろ、安く買い叩いた詐欺師の側——」

刹那、フランソワの首を、魔力の込められたジェスターの爪が薙ぐ。

西瓜のように少年の顔面が弾ける。

だが、次の瞬間にフランソワの姿は煙のように消え失せ、気が付けば一棟離れた屋根の上で囃し立てるように手を叩いている姿があった。

「怒らない怒らない、ジョークジョーク！　ほら、えーがーお、えーがーお！」

「もういい、貴様は永遠に黙……」

そこまで言った所で、ジェスターが遠くから近付く魔力に気付き、背後を振り返る。

風がいまだ止まず、彼は雨がぱらつく街を観ながら呟いた。

「この気配、セイバーとそのマスター……」

ジェスターはそこで一度言葉を止める。

「……？」

セイバーと共にいるマスターの気配が、以前と変質している事に気付いたのだ。

「何故、今まで気付かなかった……？」

「なんだ……？　この魔力溜まりは」

三十章

『蟬菜マンションの赤ずきん・離——あるいは、魔術師に撃ち抜かれた狼 Ⅱ』

永い時の中で、【それ】は確かに、自我を持っていた時期がある。

ただ、【それ】に生まれた瞬間の記憶はなかった。

記憶はないが、なぜ自我を持つに至ったのか、それだけはぼんやりと理解している。

生まれる事を、生命の形を取る事を他者に望まれたからだ。

最初はただの魔力の塊のような、世界の器から零れ落ちた雫のような存在。

魔力が今よりも色濃かった時代の、自然から湧いた簡易的な願望器のような魔力の塊。

そんな自分に、『命であれ』と願った誰かがいたような気がする。

しかし、それはもはや遠き日の思い出ですらない。

その後、【それ】は何度も何度も奪い合いに巻き込まれ、殺され、その度にただの魔力の塊に戻り、生まれ変わり、溶かされ、生まれ変わり、砕かれ、生まれ変わり、潰され、生まれ変わり――もはや、自分がどのような形をしているのかを気にする事すらなくなった。

やがて、人に近しい形を取っていた時に、【それ】は、勤勉なる六人の人間によって刻まれる事となる。

悪意はなかったように感じられた。

研究の為に、平和の為に、未来の為に、魔術の為に、世界を救う為に、他者の為に。

純粋に各々の目的の為の行為であり、【それ】を甚振る事が目的ではなかった。

だが、【それ】が苦しんだ事に変わりはない。

長い長い時を経て、己の身体が六個ほどに分離した頃、その悲劇は起こった。

最後の竜と言われた強大な神秘が、地球の表層に穴をあけて幻想の残る星の内海へと渡ろうとしたのだが——六人の人間と、彼らの手にあった【それら】は、その竜種の決死行に巻き込まれたのである。

あるいは、自分達もまたそれに乗じて星の内海に渡ろうとしていたのかもしれない。

それとも、何かしらの干渉をしようとしていたのだろうか。

正確な理由や過程など、既に分割されていた【それ】が詳しく知るよしもなく——ただ、周囲の状況をその身に薄く刻み続ける事しかできなかった。

六人の人間は死んだ。ただそれだけの事実。

苦しみが伝わってきた、無念が伝わってきた、後悔が伝わってきた。

もしも【それ】が人間であれば、自分を苦しめた存在の末路を観て笑う事ができたのかもしれないが――分割された【それ】は、通常の生命のように何かを考える事などできぬ状態と成り果てていたのである。

そして、時は流れた。

星から神秘の大半が失われる程の、長い長い時が。

【それ】は暗い土の中で、太古の幻想を示す遺物と化していた。

どのような存在であったのか、それを完全に理解する者はいない。

理解しようと思う者もいない。

する必要もない。

少なくとも、【それ】を発掘した者達はそう考えていた。

重要なのは、その遺物がもたらす結果にこそある。

魔術的に言えばその起源を知ることも重要である筈なのだが、【それ】がもたらす結果を前に、発掘者達の心と矜持は激しく乱された。

竜の心臓のような魔力炉心とは明確に違うが、極めて近しい性質を持つ【それ】は、神秘が薄れつつある事を自覚した魔術師達にとってまさに福音となる。

濃密な魔力が溢れ出すその遺物は、一般的な魔術師達を欲に狂わせるには充分だったのだ。

発掘された霊墓アルビオンと呼ばれる地において、魔術師同士の壮絶な奪い合いが続いたが——そこにやって来た鉱石科の長であるエルメロイの祖先が、全ての揉め事を実力と政治手腕で解決し、【それ】を手にしたのだという。

当時のエルメロイの当主は、各所から発掘された六つの断片が、元は一体の幻想であった事を突き止める。

精霊か、妖精か、幻想種か、あるいは魔眼持ちのような特異な力を持っただけの生物か。

頭と胴体、両手足。

完全なる人型ではないかもしれないが、恐らくは近しい姿をした幻想種。

雑な分け方ではあるが、恐らく神代かそれに準ずる時代の魔術師が、それぞれのパーツに何らかの意味を持たせる事で分割を成したのだろう。

何故、霊墓アルビオンにそれが埋まっていたのかまでは分からない。

メルアステアなら何か分かるかもしれないが、当時のエルメロイの当主はそこで協力を仰ぐ程に開放的な考え方はしていなかった。

更なる研究と研鑽を重ね、当時の鉱石科の君主は最も効率良く魔力を生み出す状態——心臓と肉体と翼に見立てたパーツに分けた三つの『石』を至上礼装とする。

当時の君主は、より深いところまで理解していた。

恐らくは、全てを一つに戻せば、更なる魔力の高まりを見せるだろう。

完結すると言っても良い。

だが、それは礼装としては不完全になるという判断で、当時の君主(ロード)はその三分割の状態を至上なる状態として代々継承させたのだ。


状況が動いたのは、第四次聖杯戦争の最中。

冬木(ふゆき)のホテル崩壊時の混乱に乗じて、当時の鉱石科君主(ロード)であるケイネス・エルメロイ・アーチボルトの手より盗み出された三つの魔力炉たる『核』。

それを入手した魔術師の夫婦は、疑念を抱いた。

――これほどのものを、エルメロイは如何(いか)なる理由で一つに融合させなかったのか？

――どうして再稼動(かどう)させなかったのか？

――なぜ生き返らせないのか？

――できる。

――できる、可能だ、私達なら。

——この神秘を、世界に産み直す事ができる。

疑念は強い衝動に変わり、自分達にならばそれができると思い上がる。

玄木坂の隠れ工房において、まだ混迷を続ける冬木の龍脈を利用する。

土地の管理代行を任されていた聖堂教会の神父は、それに気付いていなかったのか、あるいは気付いていながら敢えて見逃していたのか、魔術師夫婦の行動を咎める事はなかった。

そして、更に幾ばくかの時は流れ——

魔術師の夫妻は、それが思い上がりではなく事実であったと証明した。

同時に、別の事も証明する結果となる。

【それ】を一つに結合させてはならないという、代々のエルメロイの判断が正しかったという事を。

×　　　×

東洋の大儀式、『聖杯戦争』の基板である土地、冬木市の一区画。

新都玄木坂四番地に存在する、蝉菜マンション十一階の二号室。

その場所は、【それ】——彼女にとって最も新しい『生まれ変わり』をした場所である。

だが、彼女が長く存在していたのはその場所ではなかった。

1フロアに二世帯しか無い構造のL字型のマンション、十一階にある唯一の隣室となる一号室に、彼女は囚われていた。

その一号室は、とある魔術師の夫婦が急ごしらえした小さな工房。

第四次聖杯戦争の際に手に入れた、エルメロイ家に伝わる至上礼装。

その研究の結実を迎える為に、龍脈から漏れ出た魔力の流れが通るマンションの一部屋を購入したのだ。

それこそ十年近くにわたる研究の末、魔術師の夫妻は、ついに三つの魔力炉を一つに戻す事に成功する。

一つのカタチに戻し、魔術師の夫婦はそれが竜の魔力炉心そのものである事を期待した。

アルビオンの心臓には遠く及ばずとも、それに近しい時代の幻想に満ちたものは手に入るのではないかと。

だが――

生まれたのは、人の胎児に近しい姿をした【何か】であった。

更に時は流れ、【それ】は夫婦の娘として偽装される。

その時点で【それ】――幼い少女の姿をした魔力炉に、過去の記憶は蘇っていなかった。

ただ、親に言われるままに過ごし、魔力を抽出する為に様々な儀式が繰り返される。

夫婦は気付いていなかった。

自分達がこの時既に、【少女】の影響を受け、精神が変質し始めている事に。

彼女の始まりは、世界から零れた魔力の塊。

そうあれかしと希われ、幻想種の姿として形成された。

記憶はなくとも、そうした性質は持ち合わせ続ける。

故に、逆転の因果が発生した。

【それ】の傍に身を置き続ければ、願わずにはいられなくなる。

己の根底にある欲望が増幅され、それに向けて駆け出さずには居られなくなるのだ。

何故なら、彼女の身体は膨大な魔力を生み出す生きた龍脈のようなもの。

普通ならば在り続けるだけで周囲の魔術師達に感知される程の魔力を漏らす事なく、その体内に循環させていた。

魔法に近しい大魔術ですら行使可能な魔力が捻出できるその存在は、冬木の大聖杯には及ばずとも、魔術師にとっては繰り返し使えるささやかな願望器にも等しい。

無限に札束が湧き出る金庫があったとして、人はどれほど物欲を抑える事ができるのか。

ましてや、魔術師にとって札束より遥かに価値のある魔力の源泉である。

故に、魔術師の夫妻は歪んだ。

元よりエルメロイの礼装を掠め取る性質の輩が、欲望に耐えられる筈もなかった。

少しずつ理に合わぬ行動を取り始め、夫妻で激しく喧嘩をする事も多くなる。

決して【それ】を手放さぬという強い執着と、【それ】に怯え憤る形での強い拒絶。

矛盾する『願い』が日によって入れ替わる。

故に、拒絶を受けた時は願いを叶える為に外に出て、再び執着のサイクルに達したら部屋に戻る、という事の繰り返しだった。

拒絶のサイクルの時に暴力を振るわれようと、魔術器具で腕を焼かれようと、それが願いならと【それ】は受け入れ続ける。

肩が上がらなくなろうとも、彼らがまた万全を願えば、自分の身体はそうあろうと回復する。

もっとも、自分自身の願いを叶える事はなかった為、時折他者に頼らざるを得ない事もあったのだが。


「……ボタン、おして」


時折交流がある、同じ階の隣室に住まう人間。

その人間が望むものは『孤独』であった為、【それ】は最低限の願いのみを告げた。

こちらを拒絶しつつも、若者はその願いを叶えてくれる。

願いを叶える側であった自分が、他者に願いを叶えられるという状況が面白く、嬉しく、【それ】——あるいは幼い少女は、今まで感じた事のない情動を感じながら、その若者とエレベーターに乗り合わせるのが密かな楽しみとなっていた。

だが、そんな日も長くは続かない。

彼女を取り巻く環境は、劇的な変化を迎えざるを得なくなっていた。

魔術師達が狂い始める過程を【それ】は不思議そうに眺める。

【それ】の記憶の中に蘇り始めた太古の魔術師達に、そこまでの兆候は無かった。

神代の魔術師達は魔力に溺れる事もなく淡々と自分達の作業に邁進し、代々のエルメロイも、【人格を持ちかねない生命化は不要】とし、三位一体として無機質魔力を増幅するのが至上の使い方であると判断していた為、結果として強い影響が出る事はなかった。

傍に居る者の欲望を増幅する側面を持つ、神代の遺物。

歴史の浅い木っ端の魔術師が、それに抗いながら研究を続けられるわけもなかったのだ。

魔術師の夫婦は更に理性を失い続け——

そして、崩壊の日が訪れる。

【それ】はただ、魔術師夫妻の願いを叶えようとしただけだった。

それに合わせて、肉体を僅かに造り直したのである。

両手の爪が呪詛の籠もった刃へと変化して、【それ】の手から剝がれ落ちた。

狂気と互いへの憎しみに囚われていた魔術師夫妻は、【それ】が生み出した刃の美しさに魅入られ、互いに奪い合い――

訪れた崩壊の一幕は、あまりにもあっけなく終わりを告げた。

×　　　×

崩壊の終幕から、僅か数分後。

【それ】がノックした扉を開いた大学生を『A』とする。

何故自分がそのような事をするのか、『A』自身にも理解できなかった。

だが、扉を叩いているのが赤いフードの少女であると確信してしまった瞬間、既に椅子から立ち上がり、長く暗い廊下を迷い無く駆け抜ける。

そして、エントランスへと続く扉を開いた時――

『A』は観(み)た。

赤いフードが外され、血にまみれている幼い少女。

だが、そこで気付いた。

顔への虐待を隠す為(ため)のものと思い込んでいた赤いフードが、まったく別のものを隠していたという事に。

これは『A』も与(あずか)り知らぬ事ではあるが、その赤いフードには魔術的な隠匿効果があり――

少女の耳と髪を、通常の丸耳と、両親と同じ黒髪に偽装する効果があった。

そのフードが外され、すべての効果が失われている今――

血に染まった少女の姿は、『A』の知る人間のそれとは些(いささ)か異なっている。

耳は細く尖(とが)っており、自然と眼(め)を引く形で僅かに長く髪からはみだしていた。

その髪はあの夫婦とは全く異なる透き通るような金色で、染髪料や脱色で色を後天的に変えたようには見受けられない。

「……妖精？」

これが大人の女性であれば、それこそ物語に出てくるエルフか何かに喩(たと)えただろう。

だが、あまりにも幼く華奢なその少女を観て、『A』は思わず妖精と呟いた。
奇妙な姿と、噎せ返るような血の臭い。
明らかなる異常事態。
普通ならば、悲鳴を上げてもおかしくはない状況だ。
だが、『A』はただ、目の前の光景を確かめる。
服と口元を観るに、明らかにそれはいつもエレベーターで一緒になる少女だ。
そう確信した瞬間、『A』の頭の中に声が響く。

――「この子を……気にかけてあげてください」

いつかエレベーターで、たった一度乗り合わせた、眼鏡をかけた少女。
孤独を愛していた己の中に踏み込み、この少女を見かける度に頭の中に蘇る存在。

――「命を懸けろとは言いません」

『A』の目は、返り血を浴びながら佇む少女から動かせなくなっていた。

――「ただ、何かあった時に……手を差し伸べてあげて欲しい。それだけです」

「なに、が」

気付けば、『A』は口を開いていた。

ただならぬ雰囲気を放つ少女を前に、『A』はそっと膝を落とし、同じ目線の高さになったのを確認してから問い掛ける。

「なにが、あったの」

生唾を呑み込み、緊張に汗を掻きながらの言葉。

すると、少女は予想以上に淡々とした調子で答えた。

「おとうさん、と、おかあさん、が、しんじゃった」

言葉の意味が呑み込めない。

少女の淡々とした表情と、紡がれた単語の意味が繋がらない。

だが、少女の纏う血の臭いは何よりも雄弁だ。

理解せざるを得なかった『A』は、それでも確認するように問い返す。

「死ん……だ？」

コクリと頷(うなず)き、少女は続けた。

「わたし、を、とりあって」

言葉の意味が、やはり理解できない。

ここ数日聞こえていた喧嘩(けんか)のような怒号。

少女は虐待を受けていた筈(はず)ではないのか？

取り合ったというのはどういう事なのか？

疑問は増える。

常識に照らし合わせれば、今すぐに警察と救急に連絡すべきだ。

だが、目の前にいる少女は常識とかけ離れた存在である。

ここで警察を呼んで、あとは全て任せればいい筈(はず)なのだが、この状態の、髪も耳も変化している少女がどのように扱われるのか全く想像が付かなかった。

——そんな事を言っても……他に何が。

自分の中で納得し、部屋に戻って携帯電話を取り、警察に通報するというプランを選ぼうとする『A』。

しかしながら、彼女に背を向けようとした瞬間、再び眼鏡の少女の言葉が蘇(よみがえ)った。

——「手を差し伸べてあげて欲しい。それだけです」

――「命を懸けろとは言いません」

――「手を」「手を」「差し伸べて」

頭の中に反響する、眼鏡の少女の言葉。

たった一度聞いただけなのに、どうしても忘れられぬ声。

それは暗示というより、呪いとして『A』の脳髄を激しく揺らした。

その『暗示』は本来、悪意のある呪詛の類ではない。

野草の詰まったリュックの少女。すなわち『魔術師』沙条綾香にとって、その行動はただの保険のようなものに過ぎなかったのだから。

完全に体内に魔力を留めていた少女を観て、魔術関連の存在であると気付いたかどうかは与り知らぬ事であるが――

その少女に対して、何か胸騒ぎ……というより、予感や予兆めいたものを感じ取った綾香は、咄嗟に傍にいた若者に、『何かあった時に見捨てないように』と思う程度の軽い暗示をかけたに過ぎない。

「……おいで。とりあえず、お湯で顔を洗うといい」

「……いいの？」

手を差し伸べた『A』に対し、不思議そうに首を傾げる少女。

3～4歳の少女とは思えぬ落ち着き方だが、『A』は特に疑問を持たずに招き入れた。

そして、洗面所で返り血を拭わせた後、自室へと案内する。

少女はやはり淡々とした様子で後についていったのだが、部屋の中の様子を見て、僅かに戸惑った表情を浮かべてみせた。

「これ……なあに？」

部屋の壁を観た幼子の疑問に、『A』は少し困ったように笑いながら答える。

「ああ、これ……？」

そこに貼られていたのは、大量の絵画。

鉛筆や色鉛筆、水彩絵の具などで描かれた、眼鏡をかけた女子高生の似顔絵だった。

「大事な人だよ」

似顔絵に交じり、このマンションの防犯カメラの映像をプリントしたと思しき、エレベーターの中の少女の姿もあった。

赤ずきんの少女自身と『A』が一緒に乗っていた時の物である。

意味が解らずにその壁を眺めている少女に、『A』は自分でも不思議そうに言った。

「名前も知らないんだけどね」

ただの一つ。

たった一つだけ、エレベーターで暗示をかけた魔術師の少女、沙条綾香にとっての誤算があったとするならば――

『A』は、完全な暗示を受ける対象として、あまりにも孤独を愛し過ぎていたという事だ。

このまま社会に出て孤独を奪われるくらいならばと、何度か死を考えた事もある程に。

だからこそ、己の中に矛盾が湧き上がる。

孤独を愛する自分が、なぜ、他人の子供である『赤ずきん』を気に懸けねばならないのか。

暗示による誘導の理由を、自分の胸に湧き起こる『逆らってはならない』理由を、魔術を知らぬ身で必死に考え続け、納得いく理由として正当化しようとした結果――『A』は一つの答えに辿り着いた。

――これは、恋だ。

――自分は、あの不思議な眼鏡の子に一目惚れをしたのだと。

孤独は数多の感情の蠱毒と化し、己がおかしくなったのではなく恋心であれと希う。

相手が自分より二つか三つ年下であろう事を考え、『A』は直接声をかける事は憚られた。

管理人室に忍び込んで防犯カメラの映像を盗みだすなど、異常な執着であるという事も理解している。

なにより、孤独を愛している自分の本質は変わらないという矛盾が『A』を強く悩ませた。


「あの時の、お姉ちゃん」


大量の絵画とプリントされた写真を見た【それ】が、そう呟く。

【それ】——即ち赤ずきんの少女は、特に気にしなかった。

人間を知らぬ彼女は、『A』が壊れつつあるという事に気付かない。

ただ、『A』の望むものだけは明確に感じ取る事ができる。

それに合わせる形で、【それ】はただ、己の身体を少しずつ変化させる。

相手の願望を叶えるべく、魔力の塊より生みだされた生命として。

×　　　×

蟬菜(せみな)マンションでの無理心中事件から一ヶ月。

世間を騒がせた事件も、その他に冬木(ふゆき)市内で起こり始めた様々な怪事件を前にその影を薄れさせる。

だからこそ、心中事件のあった部屋の隣に住んでいた大学生が一人行方知れずになった所で、世間はそこまで騒ぎ立てる事はなく、都市伝説的な怪談として面白おかしく語られるだけに留(とど)まった。

その後、失踪した大学生を見た者はいない。

失踪するまでの一ヶ月の間ですら、その姿を見た者は殆(ほとん)どおらず、毎日顔を合わせる者など皆無であった。

ただ一人。

大学生の部屋の中で同居する事になった、『赤ずきん』を除いては。

×　　×

様々な事を大学生から学びながら、『赤ずきん』は知る事になる。

自分のせいで、両親、いや、両親役であった魔術師夫妻が死んだという事を。

己が他人の欲望を増幅させる存在であると。
気付いた理由は、至極単純なものであった。
大学生――『A』が、その餌食となったからだ。

孤独でありたいという願いと、自分の恋を叶えたいという圧倒的な矛盾。
その欲望のすれ違いに耐えきれなかった『A』は、やがて、一つの結論を出した。
「私が、あの眼鏡の女の子になればいいんだ」
狂気に囚われた『A』だが――
それでも、赤ずきんの少女に手を差し伸べた。
「私はもうだめだ。でもね、あなたが一人でこの世界を生きられるとも思わない」
特殊な生み出され方をした赤ずきんの少女は、衰弱しつつあった。
彼女が生命という形で生き続ける為の処置をしていたのは、他ならぬ魔術師夫妻。
その二人が死んだ今、赤ずきんの少女は命を失い、ただの魔力炉に戻るだろう。
人間としての基盤が、彼女には足りなすぎる。
いや、一つ方法がある事は『彼女』も理解していた。
同時に、『A』もそれを感覚で理解していた。
故に、『A』は提案する。

己以上に衰弱しつつあった赤ずきんの少女に近寄り、ただ、願った。

誰よりも純粋に、誰よりも欲深く。

孤独と恋を同時に叶える単純な方法。


「だからね、私の全てを、あなたにあげる。知識も、過去も、身体も、命も、未来も」


『A』──彼女はそう言うと、『赤ずきん』の頬をそっと撫でる。

身体つきは子供のままで、髪の色は透き通るような金色のままであったが──

その顔は、エレベーターの中で出会った眼鏡の少女に良く似ていた。

愛おしそうに『A』は赤ずきんを見つめ、その顔に眼鏡をかける。

探し出して買い付けた、リュックを背負っていた少女と同じデザインの眼鏡である。

「本当に不思議だけど、今はもう不思議じゃない。あなたにはそれができるって解る」

自分自身の狂気に晒されたのか、あるいは魔術師ですらない一般人が、人ならざる赤ずきんの少女と共に在り続けた結果であろうか、『A』の身体は衰弱しきっていた。

「気にする事はないよ、私はどっちみち、上手く生きられなかったと思う。だから、こんな事がなくても……あなたや、あの眼鏡の子と出会わなかったとしても、きっとね。だから、あの子のせいでも、君のせいでもない」

赤ずきん——【それ】は純粋にして強い願いに呼応する。

身体(からだ)から光の糸のような物が伸び、【それ】自身と『A』の身体(からだ)を包み込んでいく。

それは巨大な光の繭であった。

外界から完全に閉ざされつつある事を理解しつつ、共に繭の中にある【それ】を、父母が子にするようにそっと抱きしめながら、『A』は幸せそうに己の願いを口にする。

「だから、私を——」

×　×

夢の中

意識が、覚醒しかける。

アヤカ・サジョウは、微睡(まどろ)みの中で曖昧な世界の中を歩み続ける事に気がついた。

「わたし、は」

徐々に思考はクリアになり、明晰(めいせき)夢のような感覚へと移行する。

そして、彼女は気付く。

永遠に続く深い霧の中だと思っていたこの場所が、一辺が2メートルにも満たない狭いエレベーターの中であるという事を。

「……」

だが、アヤカは驚く事も焦る事もなかった。

彼女には、もう全て解っていたからだ。

自分が何者であるかという事を、今の彼女は完全に理解している。

静かに振り返ると、そこには大きな鏡があった。

エレベーターの中に設置されている、至極普通の鏡である。

ただ、その中に映り込む姿は、今のアヤカの姿ではなく――

かつて見慣れていたもの。

赤いフードの、小さな影。

返り血に染まったかのように赤い服を纏う、自分の姿だ。

「私が、赤ずきんだった……」

アヤカはその場で膝を突き、蹲る。

過去を静かに思い出す。

遥か太古に人間達に刻まれた記憶など、今はどうでもいい。

ただ思い出されるのは、あの優しかった隣人の姿。

自分のような、人ですらない――人に『中途半端な願いの成就』という害を成すことしかできない存在に、手を差し伸べてくれたあの人。

――殺してしまった。

――死なせてしまった。

――全てを、全てを奪ってしまった。

怪物のように喰らったわけではない。

ただ、繭の中で相手の肉体と記憶――その全てを取り込んだ。

繭から出て来た時、自分は大学生が恋した相手の顔をしており、大学生の知識を持ち合わせる歪なキメラとなっていた。

――命も、記憶も、過去も、未来さえも。

――私なんかが関わってしまったばかりに。

そして、一般人として過ごしてきた大学生の知識を得てしまったが故に。

人並みの倫理観を得てしまったが故に。

彼女は知ってしまった、気付いてしまった。

己が如何に悍ましき怪物であるのかという事を。

自分が、手を差し伸べてくれた相手の全てを奪ってしまったという事を。

発狂するようにしばし泣き叫んだ後——

彼女は、静かに部屋を出る。

己について、罪と悍ましさ以外は何一つ解らぬまま。

ただ、ここにはもう居られないとばかりに。

逃げるように。

振りきるように。


そして、今に至る。

夢の中に生み出された虚構のエレベーター。その床に蹲りながら、彼女はかつて観た己自身の幻影に対して呪詛の言葉を吐き出した。

「なんで、私の背中を押したんだ……」

セイバーのマスターになると決意する直前、ビルの階段に現れた赤ずきんの幻影。

それは確かに、自分に『がんばって』と告げた。

罪悪感により、エレベーターの鏡と結びついて現れていた己の虚像が。

自己肯定の為に新たに生み出した幻影だとするならば、あまりにも身勝手な話ではないか。

アヤカはそう考え、自身の奥底にある生き汚さを呪う。

「こんな事ならっ……私は、やっぱりどこかで死んでおけば良かったんだ……！　あの人に会う前に……助けなんか求める前に……」

今思うと、最初にセイバーが召喚された場にいた魔術師にも影響を与えていたのではないだろうか？

欲望を増幅させるという己の性質が知らぬまに発動されており、それであのような下卑た言動を取らせ、油断させてしまったのではないだろうか。

フィリアもまた、自分と出会ってしまったから『聖杯戦争』により深く関わろうとしたのではないだろうか？

――もしかしたら、セイバーも……。

それは、考えたくない事だった。

あの自由を謳歌（おうか）するセイバーが、自分のような者を気に懸けてくれた理由はなんだ？

もしや、この呪いのような特性が彼の在り方を歪（ゆが）めてしまっていたのではないだろうか？

「最初、からだ。最初から、私、が、私なんて、居なければ……！」

このまま夢の中で霧散してしまえば良い、と願った。

二度と目覚める事が無ければ、セイバーはもっと自由に闘えるのではないか。

憧れの存在に対して己の歌を響かせたい。

あの願いは、とても美しいと思った。

だからこそ、叶(かな)えてもらいたい。

——そうだ。

——セイバーみたいな英雄の願いこそ、叶(かな)うべきなんだ。

——叶(かな)えるべき、なんだ。

だが、自分が傍(そば)に居たら、きっとそれは歪(ゆが)んでしまう。

もう目覚めたくない。

アヤカはそう己に願う。

——『あの人』が、孤独を愛していた理由に、今なら心から同調できる。

——ずっとずっと、一人でいさせてくれ。

——孤独のまま、誰にも迷惑をかけないまま消えさせてくれ。

奇(く)しくもそれは、数日前に幼い少女が令呪を使って願った事であったのだが、アヤカがそれを知る事はなかった。

「消えろ、消えろ、消えてしまえ！」

叫ぶ。叫ぶ。

誰にも聞かれる事がない叫びが、エレベーター(彼女の世界)の中に木魂(こだま)する。

「私なんかが生まれてきた歴史を、全部全部変えてくれ！」

自分のこの力は、なぜ己自身の願いを叶えてはくれないのかと嘆きながら、拳を床に何度も叩き付け始めた時――

不意にエレベーターの短いベル音がなり、その扉が開かれた。

「……え？」

振り返ると、そこは石造りの建造物の中である。

自分の――正確にはあの大学生から引き継いだ知識を基にするならば、それはどこか西洋風の城の中であるように思えた。

気付けば、既に周囲はエレベーターの中では無かった。

石造りの窓の外から聞こえるのは、熱狂的な歓声。

その中を、自分はゆっくりと進んでいく。

己の意思ではなく、自動的に。

視線すら動かせないその状況に、アヤカは理解した。

これは、いつものように、セイバーの記憶を覗き見ている夢なのだと。

「……あー、ちょっといいかな。たぶん、いつもの儀式の時間だ」

横からかけられた声に、視点の主は静かに足を止める。

「こんな時にか？　……まあいいさ、どの道、少し苛立っていた所だ。気分転換にはなる」

己の口のあたりから漏れ出たその声は、確かにいつも夢の中で聞く、セイバー自身の言葉が頭蓋に響いていると思しきものだった。

――セイバーも、いらいらする事なんてあるんだ。

これがセイバーの過去であると確信したアヤカがそんな事を考えていると、次に視界の中に飛び込んできたものにぎょっとする。

周囲の風景にそぐわない、奇抜な格好をした男。

夢の中にちょくちょく現れる、サンジェルマンと名乗る青年だった。

「ん、んー。悪いね。これはちょっと緊急だと思ったんだ。これから、リチャードには全く意味のない事……遙か先の世界への呪いもしくは祝福を伝える。リチャードが記憶する必要はないが……これを聞いている未来の君は、目覚めても忘れてくれるなよ？」

明らかに、夢を見ている存在を意識した言葉。

サンジェルマンのゴーグルの下で、左右の眼球がそれぞれ独立したように蠢き始めた。

「邪悪だが無邪気な魔術師……違うな、巻き込まれた一般人……これも少し違う。人工知能でも、時計塔のロードでもなく、亜細亜の魔術結社でも、灼熱の星と白紙の星を歩む人類最後の希望でもない……」

ブツブツと呟きながら、パッと顔を輝かせて言う。

「金色の髪に、眼鏡をかけているのは……そうか、アーテーの肉片の悪戯に巻き込まれた魔力溜まりの子か！」

自分の外見どころか、内面まで言い当てられた事にビクリとしながら、アヤカは『アーテーの肉片』という言葉の意味が解らず戸惑った。

「この夢を見ているのは君だね？　もう何度か会っているかな？　私はサンジェルマンだが、夢の中にいてこれを観ているであろう君に、もう一度名乗っておこう。私はサンジェルマン。ただの詐欺師であり、たかが貴族であり……まあ、一番誇らしげに名乗れる立場は、君が縁を結んだリチャードの友人、心の友、プラトニックマブダチという事さ」

「いつから友人になった？　あと『まぶだち』ってなんだ？」

セイバーの声がアヤカの耳にも聞こえるが、サンジェルマンはそれを無視して語り続ける。

「他に何か夢を観てからここに来ているのかな？　悪いが、如何に私には分不相応なこの瞳と言えど、遙か未来の他人の夢の中を完全に覗けるわけじゃないんだ、夢魔の知人に夢に入り込む為のコツは聞いたんだが、どうにも難しくてね。こちらを覗いてる気配を感じた時に見つめ返す事がせいぜいだ。ま、そこはそれ、私が君の時代で言うプライバシーという奴を大事にしているのだと好意的に受け取ってくれたまえ！」

意味の分からぬ事を捲し立てた後、サンジェルマンはしばし考え込みながら言った。

「そちらのリチャードはセイバーの霊基かな？　だとするなら重畳。ライダー霊基やバーサーカー霊基だとだいぶ厄介だったと思うから、君はまず自分の幸運を祝うといい。たとえこれまでの人生がどれほど幸薄きものだったとしてもだ！」

サンジェルマンは大仰に両手を拡げてそう告げた後、こちらの事情を見透かすかのような事を口にする。

「恐らく君は、深い眠りの中でセイバーの記憶を巡っているのだろうが……ゆめゆめ忘れない事だ」

まさしく詐欺師さながらに、その言葉は祝福と呪詛を併せ持つ言葉となってアヤカの心に刻み込まれた。

「最後には、生前の記憶じゃない、君の前に立つサーヴァントたるセイバーを観て、全てを決めなければならないという事を……ね」

×　　×

現実　スノーフィールド市内

「……」

深い眠りに落ちたまま、眼を醒ます様子のないアヤカ・サジョウ。

そんな彼女を腕に抱えながら、セイバーは己の供回りより借り受けた馬を走らせていた。

――あの屋敷に戻るか……あるいは、教会の神父を頼るべきか？

――俺に人を治癒する魔術の心得があれば……。

供回りのキャスターの治癒魔術ならと心中で問うが、どうやら今のアヤカの状態は肉体の損耗とは関係無く、何らかの力が夢を通した精神干渉の魔術も弾いているとの事であった。

――いや、待てよ。

――この時代なら、人間の治療はまずは病院だろう！

はたと思いつき、セイバーは数日前に自らが金色の弓兵と闘った大通りを思い出す。

――あそこの病院……まあ、周囲が大変な事になったから混乱はしているだろうが、流石に誰か医術の心得がある者ぐらいはいるよな？

セイバーはそう考えつつ、病院のあった大通りを探しながら街中を駆けたのだが――

その最中、前方の路地が赤黒い雷撃によって爆発した。

「!?」

さらに同じ場所に二度、三度雷撃が走るのを観て、慌てて馬を止めるセイバー。

「なんだ？」

狙われているのは自分である可能性を考えて周囲を警戒するセイバーだったが、それは違うと即座に理解する事となる。

土煙の中から、周囲に瑠璃色の蜂を無数に飛ばした若い女性と、それに護られるように佇む小さな英霊が現れたからだ。

その様子を観たセイバーは、今の赤雷のターゲットがこの二人であると確信する。

ならば、相手は？


意識を向けるのとほぼ同時に、その男が路地の奥から姿を現した。

「サーヴァント……じゃあないな？」

現れたのは、現代風の黒いスーツに身を包んだ、異様な空気を身に纏う人間。

恐らくは魔術師なのだろうが、禍々しい魔力や神気を除いても、素の人間としての圧が違う。

「……アヤカを頼む」

目の前に現れた存在が魔術師でありながらサーヴァント並みに危険な存在であると判断し、セイバーは馬から降りて供回りの数名を呼び出した。

巨大な馬上槍を手にした純白の騎士。

全身に包帯を巻いた弓兵。

更には暗殺者の気配がアヤカの影に潜み、その彼女の身体は、宙を躍る水に包まれるように護られながら馬上より静かに浮き上がって、騎士や弓兵の背後へと運ばれる。

セイバーは、その様子を背にしながら、騒動の当事者達に問いかけた。

「俺は、セイバーとして顕現したサーヴァントだ。……そこのお嬢さんは神殿の上に立ってるのを見たな」

「セイバー……！」

「横にいるのは……もしかして神殿を護っていたバーサーカーか？」

バーサーカーのあまりの変わりように戸惑うが、それよりも優先すべき事として、セイバーは路地の入り口から現れた男を注視する。

「それと……ああ、気配で分かった。君は……あの強弓を扱う男のマスターだな？　纏ってる魔力が同じだ。っていうか、なんだその泥みたいな魔力？　身体と心によくないと思うぞ？」

その問いに対し、男は返答の代わりとして、己の回りに赤黒い雷を巡らせる。

「……」

マスターがサーヴァントのいない状態で敵対する英霊と出会う。

通常であれば絶望的な状況だが、沈黙するその魔術師は感情を表に出す事なくこちらが次にどう動くかを観察していた。

一方には、尋常ならざる存在と思しき魔術師。

一方には、弱り切ったバーサーカーと、それを護ろうとしている女神の巫女。

冷静に分析するまでもなく、サーヴァントとマスターが魔術師一人に圧倒されているという、聖杯戦争を知るものからすれば異様な光景が目の前にあった。

「自由に続けてくれ、俺は逃げる……ってやるのが、賢いやり方なんだろうけどなあ。実際アヤカを護る事を最優先としたいんだが……」

背後にいるアヤカに意識だけを向ける。

雷を纏う魔術師は、視線を他に向けるという隙を見せられる相手ではないからだ。

「俺の性分以前に……君は、俺を逃がすつもりがないだろう？」

「……」

「なら、仕方ない！　この場を力尽くで制圧して、アヤカも護る、それでいこう！」

言うと同時に、セイバーの横に新しい人影が現れた。

無数の剣を背負う、悲しげな顔をした騎士。

そんな彼から剣をひとつ受け取ると同時に——ノーモーションで魔術師から雷撃が飛ぶ。

セイバーはそれを剣で弾きながら、楽しそうに言った。

「問答無用か。……いいな！　実に分かりやすい！」

全く己と違う性格であろう魔術師に、奇妙なシンパシーを感じるセイバー。

彼はただ笑い、手にした剣に魔力を込め始めた。

それに反応したかのように、魔術師の纏う赤黒い魔力の泥から、数十から百に及ぶ膨大な雷光が輝く。

――本当に、サーヴァントレベルだな。

――あの泥みたいな魔力で、英霊の力を直接借り受けている……といった所か。

まだ速度が乗り切っていない上に、背後にアヤカ達を待機させているセイバーは、それを躱すのではなく、正面から受け止める事を選んだ。

大きなダメージを負うのは必至だが、その損害を驚くほどにアッサリと受け入れ、カウンターの一撃に備える。

だが、そこに乱入者が現れた。

セイバーに迫る無数の雷撃が、横から飛来した不可視の斬撃によって霧散する。

「！」

現れた人影を観て、セイバーは一瞬戸惑った。

出会った事の無い人間。

しかし、その装束を観て、如何なる立場の人間かは一瞬で理解した。

色濃い青に染められた、警察幹部の礼服と制帽。

それにも拘わらず、手に握っているのは素人目にも分かる業物の日本刀だ。

ある意味異様に映る出で立ちだが、その服装と武具のアンバランスさをセイバーは既に知っていた。

「君は……もしかして、ジョン達の上司か？」

そして、セイバーは気付く。

いつの間にか周囲を取り囲んでいる、無数の宝具の気配を。

同時に、通りの周囲を人払いの結界が包み込んでいく。

元々商業施設の通りであるが故に、台風による避難勧告が出ている今は、建造物内にも民間人は少ないだろう。

それでも、より被害を少なくする為に『彼ら』は結界を張ったのだ。

セイバーはそれを察し、『彼ら』――すなわち、宝具を持った警官隊が、この場で魔術師と闘うのだと理解する。

警官達の要であると思しき壮年の男が、日本刀を構えながら言った。

「マスターが危険なのだろう。行け」

「君に、俺を助ける理由が？　寧ろ手を貸せと言われると思ったが」

「貴様には部下を助けられている。それに、貴様のマスターは魔術師ではないのだろう」

警官隊の長と思しき男は、眼前の魔術師から目を離さずに言葉を続ける。

「ならば、民間人として護るのが我々の仕事だ。たとえマスターであってもな」

同時に、警官隊の中で弓や火縄銃などの遠距離武器を持った者達が、赤黒い魔力を纏った魔術師へと攻撃を仕掛けた。

鬱陶しそうに視線を巡らせた魔術師に呼応するかのように、雷撃がその宝具の攻撃を打ち消していく。

戦闘が始まった事を確認し、セイバーは手早く切り替えて礼を告げた。

「名前は？」

「……オーランド・リーヴだ」

「……そうか、感謝する、オーランド！　脱獄した事は詫びよう！」

すると、オーランドは僅かに口角を上げながら皮肉の言葉を吐き出した。

「オペラハウスの弁償の件も忘れるな」

「ああ、任せてくれ」

セイバーは笑顔でそう返しながら、いまだに意識を閉ざしたままのアヤカへと向かう。

ただ、次にオーランドが発した言葉に、一瞬だけ足を止める事となるのだが。

「私の部下達を弄んだ罪は償ってもらうぞ、バズディロット・コーデリオン」

それは、オーランドが既に意識をセイバーから魔術師に向け直しての言葉だった。

「コーデリオン(cœur de Lion)……？」

思わずそう呟(つぶや)いたセイバーは、改めてそう呼ばれた魔術師に目を向ける。

会話らしき会話は交わしていない。

相手の名前すら、ここで初めて知った。その程度の関係だ。

それでも、セイバーは相手が抱く何らかの決意と、それが己の身を滅ぼす事すら厭(いと)わぬ覚悟だけは感じ取っている。

復讐(ふくしゅう)か、怒りか、あるいはある種の祈りだろうか。

事情も過去も知りはしない。今さら知った所で何も変わらないだろう。

あるいは世界を滅ぼそうとしているのかもしれない程に煮詰まった熱を完全に己の身の内に閉じ込めている魔術師の男を観(み)ながら、セイバーは少しだけ寂しげに苦笑した。

「なるほど。あれもまた獅子(しし)か」

まるで、自分とは違う道を歩んだ男を羨むような呟(つぶや)きだったが――それは誰の耳にも届く事なく、風と雷撃の音の狭間(はざま)に消えて行く。

「さらばだ、当代の獅子心(コーデリオン)よ」

この場でただすれ違っただけの男。

そんなバズディロット・コーデリオンという一人の強者に対し、ある種の敬意を抱きながらセイバーはアヤカを抱えてその場を去った。

「時代か出会いが違えば……杯を交わすこともあったかもな」

×　　×

「随分と派手に動くものだ。どうやら、神秘の秘匿すら忘れたようだな」

オーランドの言葉に、バズディロットは淡々と応えた。

「……もはや、その意味もない」

「時計塔まで敵に回す気か……？」

「貴様らが、それを口にするのか？」

周囲からの攻撃を捌きながら、バズディロットは言う。

「サーヴァントを聖杯戦争の闘争ではなく、首領・ガルヴァロッソを弑する為に用いた、貴様ら合衆国が」

「……」

抑揚のない声だが、それとは裏腹に彼の纏う赤黒い魔力は激しく蠢いていた。

署長は、その言葉を聞いて静かに息を呑む。

先刻、シグマと名乗る魔術使いから聞いてはいた。

バズディロット・コーデリオンは、ファルデウスの指示でアサシンに殺された首領の仇討ちの為に動いていると。

半信半疑ではあったが、ここまで来るとその言葉を信じないわけにはいかず、同時に心中でファルデウスに対して舌打ちをした。

「……ファルデウスの独断だったと聞いている」

「奴は国の為に事を成し、奴に力を与えたのもまた国家だろう。……ならば、国を破壊する事が奴らへの復讐となる。納得できぬのなら、こう思え。主一人護る事のできぬ愚者の、取るに足りぬ逆恨みだと」

酷く冷静にも聞こえるバズディロットの言葉だが、その裏側には千の殺意が犇めいている。

それを感じ取った署長は、理解した。

ファルデウスも自分も、大きな勘違いをしていたのだと。

――この男は、魔術師ではない。

自分自身が魔術師としての道よりも警官としての道に重きを置いたように。

魔術師がスクラディオ・ファミリーを利用していたのでも、スクラディオがバズディロットを利用していたのでもない。

純粋に。

ただただ純粋に、このバズディロットという男はガルヴァロッソ・スクラディオというマフィアのボスに忠誠を誓っていたのだ。

彼は魔術師ではなく生粋のマフィアであり、スクラディオ・ファミリーの一員なのだ。

「そうか」

全てを納得したオーランドは、それでも尚――

否。

だからこそ、バズディロットの前に立ちはだかる。

「ならば、私も法の執行者として……犯罪者である貴様を制圧しよう。コーデリオン」

×　　　×

闘いが始まった。

宝具を持った大勢の警官が、ただ一人の魔術師と争う奇妙な闘争。

だが、魔術師はその多勢に無勢をものともせず、宝具の連撃を次々と己の雷で捌き続けた。

数日前までの警官隊であれば、その一撃で消し炭になっていてもおかしくない雷撃。

だが、彼らはキャスターであるデュマと署長の下で更なる研鑽と宝具との同調を続けており、今は神性を含んだ雷撃をかろうじてしのげる段階にまで成長していた。

先刻まで自分が執り行っていた、ネオ・イシュタル神殿周囲での闘いに比べれば小規模な闘争であったが――イシュタル女神が冥界に隠れ、バーサーカーがほぼ無力化しているハルリにとっては、一手の読み違いが死を招く状況である。

選択の機会と、フランチェスカは言っていた。

確かに、今は選ぶ事ができるのだろう。

バズディロットにつくか、警官隊につくか。

自分が喰らえば一撃で命を失いかねない宝具と雷の乱戦。

――私は、無力だ。

静かに拳を握り込む。

――今の私には、あの闘いの端にすら加わる事ができない。

頼りにすべき己のサーヴァントは――

小さく震えていた。

幼い子供のように。

先刻まで大地を割らんかという勢いであった暴力の化身、バーサーカーの英霊が。

あまりにも頼りないその霊基が、ロボットのようなアームでハルリの裾を小さく摑む。

ハルリ自身も不思議に思ったが、それを前にした時、彼女の心はかえって落ち着いていた。

女神から加護を受けた時のように、力が湧き上がったわけではない。

万能感に包まれたわけでもない。

闘いに加われば、すなわち聖杯戦争を続ければ、全てを失う事に変わりはないだろう。

――だけど、私は、立たないといけない。

――それが、自分の意志で聖杯戦争に参加したマスターの義務だ。

――私は、サーヴァント（この子）と共に歩む。

死が近くなった事で、ハルリの心はひとつに定まる。

「大丈夫。大丈夫だよ、バーサーカー」

子供をあやすように震える英霊を抱きしめ、攻撃の応酬から隠すように、路地にそっと引き込んだ。

――私は、既に選んでいる。

「私が選ぶのは、イシュタル女神に救われた私自身で……その私が今、護（まも）るべきものはあなただよ。バーサーカー」

バーサーカーを腕の中に抱きながら、ハルリはそっと、背後に立った存在に声をかける。

「……これが私の答えです、我が女神の敵よ」

するとーー
気配を消しながら背後に立っていたその英霊が、ハルリに問いかけた。

「それは……イシュタルにそう言われたからかい？」

悲しみと憂いを込めた表情で言ったのは、ランサーであるエルキドゥ。

警官隊もバズディロットも欠片も気付いていないエルキドゥの存在を認識できたのは、イシュタル女神の加護が僅かに残っているからだろうか。

その答えはハルリもエルキドゥも持ち合わせない。

ただ、二人は言葉を交わす。

路地の中では不思議と風の音が収まっており、お互いの声が透き通るように響いた。

「わかりません。確かにイシュタル様のお言葉はありましたが……きっと、それが無くても私はこの子を選んでいたと思います」

「何故、と聞いてもいいのかな」

エルキドゥの言葉に、ハルリは答える。

「それも、わかりません。私は女神様の巫女としても魔術師としても……ただの人間としても未熟ですから。単純に、子供を見捨てる事ができない……そんな理由なのかもしれません」

彼女の身体は、周囲に取り巻く死の空気に震えている。

あの赤黒い魔力に殺されかけたばかりなのだから当然だろう。

だが、彼女は震えながらも、困ったように笑ってバーサーカーを抱きしめ続けた。

そのバーサーカーは、エルキドゥの姿に気付いて、すっかり小さくなってしまったその手を伸ばす。

闘う為（ため）か、あるいは別の理由かは解（わか）らない。

ただ、エルキドゥは悲しげな表情をしながらそんなバーサーカーに言葉を紡（つむ）ぐ。

「……もう、僕が誰なのかも分かっていない、か」

先刻まで、イシュタル女神の命令とハルリの令呪により、暴走した憎しみを湛（たた）えながらエルキドゥに襲いかかって来たバーサーカー。

だが、今のバーサーカーからはそのような気配は感じられない。

イシュタル女神の神殿やグガランナと繋（つな）がり過ぎていた影響により、その二つの存在が失われた事で自身の霊基も巻き込まれて削（そ）ぎ落とされてしまったのだろう。

エルキドゥはこの状態のバーサーカー、すなわちフワワを知っている。

生前のフワワの事を思い出しながら、エルキドゥはハルリに対して静かに語った。

「僕は昔、一度フワワの機能を停止させた」

「……」

「どうすればいいのか分からなくてね、何度も何度も……とても酷（ひど）い事をしたんだ」

自虐的な微笑みを浮かべて、そっとフワワの頰を撫でる。

「あの時は、止めてくれる親友がいたけれど……」

そこでエルキドゥは、そっと頭上に目を向ける。

「?」

ハルリもフワワも、エルキドゥの動きに気付いて視線を上げた。

「今は、いない」

エルキドゥの視線の先にあったものは、空を駆ける一筋の光。

黄金に輝くその軌跡を見つめながら、エルキドゥは微笑む。

その黄金の光に胸騒ぎを覚えるハルリとは裏腹に、エルキドゥはその閃光を羨むように、悲しむように呟いた。

「だから、僕も今回は……自分で決めなくちゃいけない」

右腕の指先を刃に変え、天空をなぞるように動かしながら、神造兵器である泥人形は感情を消した言葉を口にする。

「何を壊して、誰を救うかを」

こちらを欠片も気にすることもなく西の空へと向かう、友の気配を見送りながら。

三十一章

『半神達の狂詩曲 Ⅱ』

スノーフィールド西部

白く。

ただ白く。


全てが雷光に包まれた眩い空間。

しかしながら、時が止まったかのような静寂に包まれている。

実際に、そこに時の流れはないのかもしれない。

アルケイデスは、己を中心とした純白の世界の中で、自分が一つの影と相対している事に気が付いた。

己より一回りは大きいその巨軀は、影である筈なのに周囲の白色よりもなお眩き白として浮かび上がっている。

透明な存在であるのに、己以上にこの世界の中心であるとでも言いたげな存在感を放つ白き影。アルケイデスは、その正体を己の中の残滓であると判断し口を開いた。

「失せよ」

「――――」

白い影は何も答えず、ただ、その場に佇むのみ。

「忌まわしき神の栄光を名乗り、山脈の鋼骸どもの走狗と化した我が末路よ」

アルケイデスはその影――大英雄の写し身を前にして、己の内を巡る赤黒い魔力を迸らせた。

静止した時の中、稲妻の光が反転していく。

泥は、雷光の速さすら凌駕した。

周囲の世界の全てが泥の魔力によって赤黒く染まり、宵闇り、蹂躙り、冒瀆る。

「貴様も……、いや、貴様こそが我が復讐の末路。この霊基を得た時に焼き尽くしたとばかり思っていたが、この期に及んで我が身の前に立ち塞がるか」

これが神々の末路である。

これが神々への復讐である。

そう主張するかのように、アルケイデス自身と化しつつある雷霆の世界そのものを、赤黒い泥が浸蝕していく。

だが――

それでも尚、眼前に立つ人影は輝きを失わない。

何百、何千、何万の泥の手に絡みつかれようとも。

己以外の全てが赤黒い魔力に染め上げられようとも。

人型の輝きは、尚もその世界の中に在り続けた。

「――――」

輝ける影に表情など見えない。

だが、アルケイデスは確かに感じ取った。

その人影が、自分に微笑みを向けている、と。

「……なおも、我が身を……『人』を見下す気か」

静かなる怒りが空間に満ち、復讐者は光り輝く影へと手を伸ばす。

赤黒い泥は幾百もの鋭い棘へと変化し、勢い良く白い人影を貫き続けた。

抉り、引き裂き、磨り潰さんと、圧倒的な魔力の奔流が蠢く中――

「――――」

それでも消え去らない白い人影が、静かに口を開く。

正確には、アルケイデスから観て口を開いたように思えた、というだけなのだが、その人影は、微笑みながら告げる。

――それは、無理だ。

声無き声。

だが、アルケイデスは確かに『影』の意思を感じ取った。

――お前は、それを否定する事はできない。

――たとえ、過去を全て捨て去ろうとも。

――お前の名と姿をこの星の人類の記憶、あるいは星そのものに刻まれた記録すら、余す事なく消し去ったとしても。

――■■■■■■■■■■■

言葉の羅列が完結しようかというその刹那――

白い世界が、粉々に撃ち砕かれる。

故に、アルケイデスはその影に反論する事も受け入れる事もできなかった。

答えを持たず、必要ともせず、アルケイデスはただ己の復讐(ふくしゅう)の為(ため)に歩み続ける。

己の復讐が正当なものか否か。

復讐者として星に刻み直されたその身に、答えなど最初から必要無いと理解していた。

たとえ、その在り方が意図的に歪められたものであろうとも。

×　　×

稲妻は時間を取り戻し、雷鳴の轟きが現実と幻想の境界を掻き乱した。

巨大な積乱雲の中心に浮かぶアルケイデスの眼は、既に己の内より出でし影に惑わされる事はなく、その天雷を潜り抜けながら迫り来る『敵』にのみ焦点を絞る。

生半な存在では、ここに近づく事すら不可能だ。

それはアルケイデスも理解している。

グガランナの神気を色濃く残したまま極限まで圧縮し、小型の台風にして超巨大な竜巻とも言える存在になり果てた雷霆は、近付く物を自動的に雷光で包み込み、塵と変えて巻き上げながら己の一部へと組み込むシステムを稼動させていた。

たとえ英霊であろうとも、神の雷の前に無傷では済まされない。

こちらに迫り来る小さな影も、すぐに塵と化して豪風を彷徨う一欠片となると思われた。

だが――

迫り来る気配は、雷霆の裁きを無視し、止まる事なくこちらに近付いてくるではないか。

「……来たか」

万象を貫く雷光の槍。

それが数千数万と折り重なった暴威の嵐を貫きながら、強烈な気配として迫り来る。

「女王にして、戦士たる者よ」

言葉は、自然と吐き出された。

しかし、そこにアルケイデスとしての意思が介在しているのかどうかは曖昧になりつつある。

身体に残されていた本能が、人間の肉体に刻み込まれた生前の経験が、彼に言葉を喋らせていた。

本来ならば、身体を巡るヒュドラの死毒と『泥』の影響によって、とうに正気を失っていてもおかしくない。

かろうじて理性を保っている事は、アルケイデスの凄まじい精神性の証明か、あるいは彼が令呪によって歪まされた事によるものなのか——その答えは、彼自身にもわからなかった。

ただ一つ、己の存在に刻まれた使命。

神々への復讐を行使する為に、聖杯の力をもってしてその栄光を消し去る。

個人の痕跡を抹消するというには、アルケイデスの忌むべき己の名は、あまりにも広く知れ渡り過ぎていた。

世界に対して致命的な打撃を与えかねない所業であるが、それすらも厭わない。

意識が明瞭であったとしても、いや、ヒュドラの死毒に侵される前よりアルケイデスはその覚悟をしていたのだ。


故に。

ある意味で『彼女』は、人理からのささやかなカウンターだったのかもしれない。

それが妄言であるとは言えぬだけの力を、今の『彼女』は持ち合わせていた。


彼女とは即ち——

女神ヘラの謀略により翻弄され、一人の大英雄に屠られし女傑。

戦神アレスの娘にして、アルテミスの巫女。

誇り高きアマゾネス三姉妹の長女。

サーヴァント、ライダー。

――戦士長ヒッポリュテ。

×　　×

それは、美しくも苛烈なる行軍だった。

攻め手はただ一騎の騎兵。

霊基の一部として繋がっている愛馬に跨がり、単騎として戦場を駆け抜ける。

相手もただの一騎である筈なのだが、いまや軍隊どころか一つの国であるかのように強固な存在となりつつあった。

かつて森であった荒野に、雷の山嶺が鎮座する。

ただ一人の英霊が、神獣の力を捻じ伏せ、その在り方を奪い取った姿だ。

積乱雲の形で、広大に、そして立体的に展開する雷の軍勢。

その雷光の一つ一つが、生半な軍勢をひとなでで壊滅させる力があった。

暴風の化身を捻じ伏せ、己の周囲に雷霆を展開するアルケイデスの姿は、まさしく万軍を消し飛ばす力の化身そのものであると言えた。

だが、ライダーは怯まない。

一説には、彼女のヒッポリュテという名は、『馬を解放する者』、あるいは『馬を解き明かす者』とも言われていた。

今の彼女は、実際に馬を束縛と恐怖から解き放ち、真なる自由を与えている。

愛馬は己の心を解き明かした彼女に寄り添い、死の塊である雷霆を怖れずに大地を駆けた。

そして今、人馬一体と化した二人は、大地というくびきからも解放された。

アルケイデスの宝具によって引き起こされた洪水によってぬかるんだ大地を、力強く蹴る。

接近するものに対して等しく撃ち放たれる、先触れの雷撃。

通常の馬としてはあり得ぬ軌道でそれを躱すと、舞い上げられた岩盤を踏み渡りながら空へと駆け上がり、ライダーは巨大な雲に挑みかかった。

雷雲の山嶺はその中心に座する復讐者の憎しみを代弁するかのように、豪風を吹き荒らしながら激しい天鼓を轟かせている。

ライダーは、その荒れ狂う雷の中を力強く疾走した。

遠目に動きだけを観れば実に軽やかとすら思えるだろうが、それは雷雲とのスケール差による錯覚に過ぎない。

騎兵の動きは現実の馬の速度を遥かに凌駕し、砲弾の如き勢いで稲妻の野を駆け続けた。

文字通り——彼女の宝具たる帯を通じて張り巡らされた神気を用い、馬の蹄は同じく神気の込められた雷光を蹴りつけながら進んでいたのだ。

もはや岩盤すら必要とせず、翼無き天馬として空を自在に駆け抜ける。

ライダーの周りで電光が刺すように地と雲を照らし、轟音が鼓膜を引き裂こうとする。

だが、そんな中で彼女の駿馬カリオンの目に、怖れの色は微塵も感じられなかった。

雲は重く、雷光が白き闇となって視界を遮る。

まるで世界の終わりを告げるかのような光景の中を、一騎のライダーが己の生存を高らかに唱い続けた。

彼女の衣服は濡れ、重く、その顔には雨が打ち付けているが、その目は決意に満ちている。

そして――

空をかける彼女が積乱雲の頂点に達したのと同時に、奇跡的に雷が一斉に鎮まった。

台風の目さながらに、渦巻く積乱雲の上空には、巨大な穴が広がっている。

そこから覗く景色は、台風の目の内側というよりも、巨大な雲海の中に穿たれた渦潮のように思えた。

その渦の中だけ神代に還ったかのような濃密な魔力に身を晒しながら、ライダーはその雷雲の渦の最奥に目を向ける。

刹那の静けさの中で、彼女は積乱雲の中心にいる存在を確かに観た。

この雷霆に込められた膨大な神気を身に取り込む事なく、己の霊基だけで捻じ伏せている孤高の復讐者の姿を。

「アルケイデス……！」

再び雷光が閃き、戦の再開を告げる。

雷鳴に掻き消される事も構わず、ライダーは心中で叫ぶ。

——雷霆を取り込んだ時は、ゼウスでも気取るつもりかと思っていたが……詫びよう。

——あくまで神を拒絶しながら、その力を捻じ伏せるか。

彼女は最初にこのスノーフィールドの地でアルケイデスと邂逅した時に、相手が『神の力は身に宿すものではなく、人の腕で支配すべきものである』と論じていた事を思い出す。

もしも神の子として生まれたその肉体にあの巨牛を構成していた膨大なる神気を宿せば、それこそゼウスに近しい雷神と化し、この大陸そのものを消し飛ばす事すらできたかもしれない。

だが、彼はそれを良しとせず、毒に侵されたまま己を超える力を操るという地獄の苦しみを選んだのだ。

——お前の覚悟は、本物だ。

彼女は自由落下を始める直前の浮遊感を味わいながら、静かに呼吸を整え——

双眸を見開き、自然な落下の加速度を遙かに超える勢いで、高度数万メートルを超える高さから駆け下り始めた。

――『鵯越の逆落とし』と言ったか。

ライダーの脳裏に、ここ数日で学んだ様々な騎兵達の兵法が思い出される。英雄となってなおも騎兵としての成長に貪欲であった彼女は、聖杯より与えられた知識を更に補強するように、古今東西の馬術や兵法の知識を取り入れようとした。

鵯越の逆落としというのは、源義経という勇士の兵法である。馬を二頭ほど崖から下らせ、一頭が無事に下り終えたのを確認した事により、崖上から騎馬での奇襲をしかけたという日本の逸話だ。

試しに馬を落とす事で一頭の足を挫かせた事については多大に思う所があるものの、自らが一番槍として義経よりも先に難所を駆け下りた猛者や、馬の方が大事だと愛馬を背負いながら自力で降りたという剛力の者の挿話を思い出しつつ、ライダーは不敵に微笑む。

――ああ、そうした異境の猛者達と、純粋に武勇を比べたかったが……。

かつて騎馬をあやつる部族として存分に大地を駆け巡り、数多の戦場を制してきた頃を思い出したのだ。

だが、この聖杯戦争は所詮偽り。

既に数多の歯車が狂い、一つの街が滅びかけている状況だ。

なのにあの不思議なマスター達は、自分に『好きなように駆けろ』と言う。

魔術師らしい合理性を持つ者から、あからさまに非合理な動機で動く者まで十人十色の感覚を持つ集団であった。

我の強い者達であり、統一感など微塵も感じられない。

それでいながら、不思議と一つの生き物であるかのような錯覚を覚えた。

心臓や眼球、骨や鼓膜はそれぞれ全く役割が違うのに、肉体に内包されているうちは一つの個として数えられるように。

——世に聞く巨船の冒険者達というのは、案外ああいうものだったのかもしれない。

「アルゴノーツ、か」

無意識の内にその名を口にして、ライダーは苦笑した。

——……ああ、そうだ。

生前の自分は知らなかった事だが、聖杯からの知識と——エルメロイ教室の面々から教えられた『敵』の知識を心中で噛みしめる。

「女王という役目も、船員達との因縁も、一時忘れる事が許されるのならば……」

——あの男も、その一員という話だったな。

「私も、乗ってみたかったものだ！」

楽しげな声をあげ、彼女は愛馬を更に加速させた。

死地に向かうとは思えぬ顔で、全身に生気を漲らせながら。

気圧差だけではなく、渦の内部は魔力の濃度もケタ違いに高い。

風と魔力の流れは凄まじく、通常の人間はもちろん、生半な魔術師では即座に全身を捻り刻まれる事であろう。

そんな暴威の中で雷雲の渦の内壁を駆け下りるのは、垂直の壁を滑り落ちるよりも遥かに危険な行為だ。

しかし、彼女の駿馬は一歩たりとも躊躇することなく、嵐の中を駆け下りる。

風はヒッポリュテの髪と愛馬の鬣を乱し、風速により凶悪な弾丸と化した雹が全身を打ち付ける。ただの雹であれば所詮は物理の範疇であり、英霊である彼女がダメージを受ける事はない。だが、現在の雹は神の雷を纏い、英霊達の霊基そのものを切り刻む擬似的な宝具と化していた。

しかし、馬は歩みを止めない。

馬上のライダーは目を逸らす事も閉じる事もないまま、渦の最奥にいるアルケイデスへと焦点を合わせていた。

アルケイデスの方はこちらを意識しているのかいないのか、直接的に攻撃を仕掛けてくる様子はない。

「眼中に無い、という事か」

ライダーは、豪風と雹が舞う中で、静かに呼吸を整えた。

召喚されたばかりの頃——あの峡谷でアルケイデスや金色の弓兵と出会った時を思い出す。

彼女の手には強く引き絞られた弓があり、その矢は敵を射貫くべく、静かに待ち構えていた。

風をも切り裂く速度で動き回りながら待ち構えるという矛盾めいた構え。

ドッグファイトの最中の戦闘機パイロットのように、凄まじい重力を身体に感じながら、相手を射貫く瞬間を見極めようとしていた。

神代——神魔人妖が入り乱れ、数多の猛者が跋扈していた世界において戦士長で在り続けた彼女の身体は、どれほど激しい風が吹き荒れようともその姿勢を乱さない。

変質してしまったとはいえ、その時代に最大級の大英雄であった存在に挑もうという彼女が、その前段階で躊躇するわけもなかった。

雷霆の渦の内壁を、風と魔力の流れに身を任せるかのように駆け下りていく。

アマゾネスの騎兵は暴風に抗いながら、一瞬の隙も見せずに弓を構えて撃ち放った。

放たれた矢は風を潜り抜け、雹を撃ち砕き、雷鳴の中に紛れて突き進む。

まるで、荒れ狂う運命を切り拓きながら突き進むかのように。

×　　×

スノーフィールド　中央区画　地下

「……始まったのか？」

無機質な階段を下るシグマが、大気の魔力が乱れるのを感じ取ってそう呟いた。

彼は優れた魔術使いではあるかもしれないが、魔術師の素養が優れているわけではない。

そんな彼にも感じ取れる程の魔力の乱れが、ハッキリと西の方角から感じられる。

すると、老船長の姿をした影法師の一人が肩を竦めながら言った。

「ああ、因縁の対決って奴だが……もうあれは、アマゾネスと大英雄の闘いなんかじゃねぇな」

「……神落とし、か？」

己が先刻イシュタル女神へと撃ち放った神殺しの一撃の事を思い出しつつ、シグマは地上で行われている闘いに意識を向ける。

「いや……まあ、そうだな。他の奴が言うなら明確に違うが、俺からすれば同じようなもんだ。まあ、そうなると俺としてはアマゾネスの女王とやらを全力で支持するがね。いや、今からでもそこを代われと言いてえぐらいだ」

「そうか」

淡々と答えるシグマ。

　すると、影法師は蛇の杖を持った少年の姿に変わって別の言葉を口にした。

「僕としては、復讐に囚われた古い友人の方に思う所があるよ。僕だって、医術に全てを捧げていなければ、ああなっていた可能性はいくらでもある」

「……復讐者になるって事か？」

「まあ、僕の場合なら、死者蘇生の完成という形で復讐を成していただろうね」

「それは……良い事なんじゃないのか」

　階段を下りながら淡々と尋ねるシグマに、蛇杖の少年は首を振る。

「死の拒絶の方を重視して、この時代の言葉で言うアンデッドが溢れる世界にするかもしれないよ。そんなものは、僕の望む医術の極みとは程遠い」

「今、それが解っているなら……そうはならないんじゃないのか？」

「復讐に身を染めると、目的の為に原初の大望すらねじ曲げる……いや、復讐こそが原初の大望に入れ替わるんだ」

　そう言って、少し悲しげに頭上を見上げ、影法師は『ウォッチャー』に刻まれた記録から形作られた影法師として、西にいる誰かに対し、演算された感情の言葉を口にした。

「……今の彼に必要な処方こそ、あの人間の権化みたいな船長だったのかもしれないね」

「なんの話だ？」

　シグマの問いに、影法師の少年は寂しげに笑いながら答える。

「神でも獣でもない。『人間』という名の毒と薬は、扱いが厄介だっていう話だよ」

× ×

スノーフィールド西部　積乱雲　内部

一撃必殺。

通常であれば、そう称するに値するライダーの初撃。

現代の通常兵器で言うならば、バンカーバスターと呼ばれる投下爆弾のように、地表を貫いて地中の敵を破壊するレベルの威力と貫通力を持ち合わせていたその矢は、全てを穿ちながら一直線にアルケイデスへと突き進む。

いかに全ての人造兵器を防ぐネメアの獅子の裘と言えど、ライダーの宝具であるアレスの軍帯より流れ込む神の力までは受け流せず、体内にダメージが通る事は必至であった。

直撃すれば、天秤はライダーに大きく傾くであろう状況。

対するアルケイデスは、避ける素振りすら見せなかった。

己も矢を撃ち放てば相殺できるかもしれないが、未だに弓を構えようともしない。

――やはり、万全ではないのか？

ヒュドラの死毒と赤黒い『泥』による浸蝕の影響は多大なものとなっているのだろう。

彼女はそう思いかけたが、即座にその考えを打ち消した。

――希望に縋った性根は捨てろ。

たとえ変質していようとも、過去に自分を殺した大英雄はそこまで甘い相手ではない。

仮に死体となっていてもなお油断できぬ相手だと考えながら、彼女は追撃の為の矢をつがえはじめる。

――いや……希望、か。

ライダーの目にはより一層の力が満ち、口元に迷いの無い不敵な笑みを浮かべる。

――そもそも、私が闘争を望む相手は……ここで己を失うような男ではない。

己が撃ち放った必殺の一矢を、必ずあの男は防ぐだろう。

――断じて、そのような輩ではない！

その確信を持って、ライダーは停まることなく矢を撃ち放つ。

彼女の矢は風と雷と共に踊り、アルケイデスへと迫った。

その軌道は流れる水のように滑らかで、神気の込められた矢の一本一本が命を持っているかのように敵へと躍り掛かる。

だが——

赤黒い稲妻がアルケイデスと最初の一矢の間に閃き、その猛撃を撃ち落とした。

しかし、その雷撃をかい潜るかのように、矢の雨は積乱雲の中で荒れ狂うもう一つの嵐となってアルケイデスの全身を包み込む。

ライダーは息を呑み、感嘆と共に呟いた。

「やはり、この程度では通らぬか」

北の渓谷で再会する直前、アルケイデスはかの英雄王の怒濤の攻撃——全方位から降り注ぐ宝具を捌ききっていた。

ネメアの獅子の毛皮だけで防ぎ切ったわけではない。

かの大英雄が生前に万難を排し、数多の偉業を成し遂げられた理由は、神の力のみに非ず。

人間として後天的に身につけた数々の武が寄り合わさり、開花する事で魂の中に実を結んだのだ。弓矢や剣だけではなく、数多の武具、数多の術理、素手での対軍・対怪物の闘争に至るまで、全局面対応型の技術を完成させたのだ。

その技術と経験の結晶は、まさしく人間としての霊基に刻まれたものに他ならない。

流派『射殺す百頭』。

霊基の奥底に刻みつけられた生前の旅路の蓄積が、宝具の形を取らずとも自然と身体を動かしていた。

獅子の毛皮だけでは万全ならず。流派のみでも盤石ならず。

二つが合わさり、そこに膨大なる魔力と神気が加わる事によって、積乱雲の内側に座すアルケイデスの本体そのものも、雷霆の外殻に等しき護りを生み出していたのだ。

圧倒的なる武。

絶異の領域に達した英雄の御業。

同時に彼女は、そこに内包されたエネルギーの密度が更に上がり続ける事に気付き、その身をひりつかせる。

――これは……。

――混ざりつつあるのか？

荒ぶる大海が直立したような積乱雲の内壁に、魔獣の気配が入り乱れ始めた。

アルケイデスが頭部に纏うネメアの獅子の毛皮から魔獣特有の気配が漏れだし、周囲の雷光の狭間に、鳥を模ったようなスパークが飛び交い始める。

徐々にその『群れ』の数を増やしながらアルケイデスの周囲を旋回する雷の鳥を観て、ライダーは呟いた。

「ステュムパリデス……」

かの大英雄の十二の難行の一つであったと数えられる青銅の鳥。

原初の姿は彼女の父、戦神アレスが引き連れる僚機(軍勢)であったと母から伝えられている。

数日前に確認した時よりも、更にその原初の姿としての気配が色濃くなりつつあった。

——なるほど。

——リスクも代償もなく、他者の宝具を奪う事など不可能とは思っていたが……。

相手の霊基そのものと言える宝具を奪う宝具。

その無法の代償、というよりも、無理やり己の霊基と結びつける為(ため)に、己の宝具や霊基の一部を融合させる事でかすがいとしているのだろう。

仮にグガランナの力であるこの強大な台風の力を手放したとしても、融合させたものの力は戻ってはこないのではないかと推測した。

とはいえ、それだけでは他者の宝具を奪うには足りない。

神の力を捨て去ったとはいえ、大英霊としての強い霊基、そしてマスターから供給されている膨大な魔力があってこそだろう。

グガランナとは違う獣の気配が色濃くなりつつある積乱雲。

かの大英雄が生前に闘ってきた数多(あまた)の魔獣が混じり合い、原初の混沌(こんとん)の気配すら感じさせる空気の中を駆け下りながら、ライダーは叫ぶ。

「神を憎むが故に、大神ゼウスを撃ち倒した怪物……太祖竜(テュフォン)と化すつもりか！」

アルケイデスの目的は神々への復讐だ。

ならば、確実にそれを成す手段として、神を倒した事のある物になり果てるのは一つの手であろう。

実際、今の状態に聖杯の力が加われば——それに近い何かになる事は可能かもしれない。

最悪、力を共鳴させる事で世界の表層ではないどこかで眠り続けるテュフォンそのものを揺り起こす事も考えられた。

神々の名を記憶し続ける、この世界そのものを滅ぼす。

それがアルケイデスの言う復讐に含まれるというのであれば、ライダーは尚更止まるわけにはいかなかった。

己の在り方を貫く為に、ライダーは叫ぶ。

「アルケイデス！」

半ば自動的に動いているようにも見えたアルケイデスの意識が、こちらを向いた気がした。

相手の中に言葉を理解する程の自我が残っているかどうか、そんな事は関係ないとばかりにライダーは己の名を高らかに唱いあげる。

「我が名はヒッポリュテ！」

弓が霊子の光と化して消えさり、入れ替わりに、彼女の手の中には己の身長ほどもある巨大な斧が握られていた。

「戦神アレスと、アルテミスの巫女たるオトレーレの間に生まれし子！」

己の愛馬よりも重きその斧を軽々と振り上げながら、彼女は叫んだ。

「アマゾネスの長として……」

腕に巻かれた宝具『戦神の軍帯』を輝かせ、全身に、愛馬に、そして斧の全てを神気で包み込み——

「貴様を撃ち倒す戦士の名だ！」

高らかに名乗りを上げた後、ヒッポリュテは己の宝具の真名を解放した。

「————『傲慢覆す怒り』————」

馬上より、斧を全力で振るう。

彼女がしたのは、ただそれだけだった。

だが、雷を踏み込んだ馬の膂力も加えられ、人馬揃った全ての動きが全く無駄のない力の流れを生み出し、『馬に乗ったまま、ただ斧を振るう』というシンプルな行動の『到達点』を導き出す。

どの瞬間で時を止めても、一流の芸術作品だと言える動き。

手段と目的が全て一致したイシュタル女神の美とは違い、ただ強さを求めた結果、後追いする形で生み出された美しさだ。

ヒッポリュテという個が長き研鑽により練り上げた技術と力の結実、そしてアマゾネスという部族が連綿と紡ぎ上げた馬術の極み。

全てが組み合わさった一撃が引き起こしたものは――

世界そのものを斬り潰さんという剛撃であった。

×　　×

北米某所

「馬鹿な……」


観測手は、冷や汗を掻きながらその言葉を吐き出すので精一杯だった。

モニターが無数にある管制室のような場所だが、窓は一切なく、よく見ると部屋の四方に魔術的な防護結界も張られている。

　ここはファルデウスに指示を出した、政府の一部——所謂(いわゆる)、この聖杯戦争の黒幕とも言える者達が聖杯戦争の推移を観測している場所の一つである。

　既に緊急コードである『オーロラ堕とし』は発動されており、スノーフィールドが特殊な爆弾の投下により消失する事は決定づけられていた。

　だからこそ、最後の瞬間まで正確なデータを取る為(ため)に、極一部の魔術使いの素養を持つ情報官達が観測を続けていたのだが——

　一般の国民と各種機関には偽装した結果を流している、気象観測衛星から送られてくるリアルタイムの観測データ。

　そのモニターを見ていた男は、巨大な台風が僅か数分の間に極小の規模に圧縮された事に肝を冷やしていた。

　しかし、本当に驚愕(きょうがく)したのは別の事である。

　魔術的な観測において、一つの強い魔力反応が台風に呑(の)み込まれたかと思うと、それから一分も経たぬ内に観測データに大きな異変が生じたのだ。

「台風が……カッティングされた……？」

　まるで、完成されたピザから子供が1ピースのみつまみ食いをしたかのように。

美しい円形を形作っていた台風が、中心から南西に向かって狭い扇状に消失したのである。

それだけではなく、周辺地域に僅かにかかっていた薄雲や、元の大型台風から分離したと思しき雲の断片が、そのカッティングがそのまま延長される形で消し飛ばされたのだ。

気象衛星写真に定規で線を引いたかのように。

もしも、過去の聖杯戦争を詳しく知る者――例えばロード・エルメロイII世などがその光景を観れば、何が起きたのか即座に看破した事であろう。

宝具による一閃。

エクスカリバーと呼ばれる星の聖剣には及ばずとも、それに近しき一撃が放たれたのだと。

×　　　×

スノーフィールド西部

「どうなっている……？」

ティア・エスカルドスは、西方に放たれた、空を切り裂く魔力の奔流を観て思わず呻いた。

「あのライダーは……あそこまでの真似ができる霊基ではなかった筈だ」

先刻見定めた霊基とはケタ違いの魔力。

宝具と思しき布地から滲む神気を加えたとしても明らかに異常な魔力量の放出は、ティアの意識をエルメロイ教室の面々から一瞬だけ逸らすには充分だった。


――それにしても……。

――いや、みんなに、焦った様子はない。

――なら、既に知っていたのか？

――あのライダーの並外れた強さを。

しかし、先刻イシュタル女神と相対していた時にはそこまでの力は感じられなかった。

フラットと肉体や魔術回路を共有していた為、ティアにもサーヴァントの力量を量るマスターとしての能力は残されている。

その眼から見た時、先刻までのライダーは確かに『弱くはないが、この聖杯戦争におけるトップクラスのサーヴァント達にはだいぶ劣る』という段階の霊基であった。

――ならば、イシュタル女神をこの場から排除した事が何らかのトリガーに？

――……いや、それなら、僕に見えない筈が――

そこまで考え、ふと、ティアはとある一つの可能性に気付いた。

「まさか……可能なのか？　エルメロイ教室のこの面子なら……？」

とある可能性に気付いたティアに対し、色濃い魔力を込めた呪弾を飛ばす遠坂凛。

「余所見するなんて、余裕じゃない」

「……ああ、余裕だとも。君達程度ならね」

それを紙一重で躱しながら言うティアに、遠坂凛は傲岸不遜に言い返した。

「あのランサーとやり合えたからって、無敵を気取るにはちょっと早いんじゃない？」

「それも、否定はしない」

魔力と身のこなしこそサーヴァントにもひけを取らぬ存在となっているティア・エスカルドスだが、耐久力は魔力による障壁頼りであり、フィジカルに至ってはフラット・エスカルドスと大差がない。

故にティアは、遠坂凛が続けて撃ち放つガンドも決して無視する事はなかった。

純粋な魔術の撃ち合いではエルキドゥとすら対抗できる存在だが――逆に言うと、魔術を封じ込められればその時点で勝ちの目は絶望的になる。

「だからこそ、慢心や油断をするつもりはない」

魔術においては一工程である単純なガンドと言えど、『フィンの一撃』と呼ばれる遠坂凛のそれは、喰らえばただでは済まぬ威力である。それを知っているティアは、己の周囲に魔力を回転させてそれを弾き飛ばした。

が、その弾き飛ばされたガンドが、数メートル先で別の魔力の『回転』により弾かれる。

「！」

――これは……。

――車輪、か？

ガンドを自らと同じような魔力の高速回転によって弾き飛ばしたのは、空中に浮かぶ小さな車輪のような礼装であった。

それがなんであるかを思い出す暇は与えられない。

弾かれた先でまた別の回転に弾かれ、それが僅か0・3秒の間に数度起こり、ピンボールのような勢いで加速したガンドがティアの背に突き刺さった。

「……！」

かろうじて皮膚への魔力障壁の展開が間に合った故に、呪いが内部に浸透する事はなかったが、衝撃だけでバランスを崩すには充分である。

「教室の歩みでは先達と言えど……」

そのタイミングを見計らって撃ち放たれたのは、ルヴィアゼリッタのガンドだった。

「あなたがたに見下される謂れはありませんわ」

凛のガンドと同じく『フィンの一撃』と呼ばれる威力を持ち合わせたそのガンドは、やはり周囲に展開している無数の『車輪』によって弾かれ、不規則な跳弾を繰り返しながらティアに迫る。

「こんなもので……」

周囲に展開させた魔力の『星』を高速で操り、ガンドにぶつける。

弾くのではなく、完全に霧散させる形を取った為(ため)、それ以上跳弾が起こる事はなかった。

だが、その間に凛(りん)とルヴィア、それだけではなく他にガンドやそれに類する攻撃手段を持つ物が連撃を撃ち放つ。

『車輪』は己自身をティアの回りに高速で周回させながら、その全てを器用に弾き、魔術のベクトルを最高の形で調節していく。

外そうが外すまいが、結果として跳弾がティアに向かい、直線的に追(お)い縋(すが)った。

ガンド一種ならばともかく、多種にわたる魔術をここまで正確に跳ね返すには、類い希(まれ)なる制御能力が必要となる。

ティアは周囲に迫る魔力弾やガンドを打ち消しながら、その車輪操作を成している存在の名を口にした。

「オルグ・ラム……！」

その声を受けて、オルグ・ラムは更に車輪を展開する。

彼の手から放たれた車輪型の礼装は、高速回転を続けながらその場に魔力の残像を映す。

擬似的な投影。

まるで車輪が分身したかのように、空中を駆け巡りながら本物の車輪と偽物(にせもの)の車輪が交錯して巨大な結界を編み上げていく。

もっともそれは、内部の攻撃を自在に跳ね返すという意味で、魔術的というよりも物理的な意味合いが強い『檻(おり)』であったのだが。

「本家の刻印を受け継いだのは姉であり、私は所詮、補助輪に過ぎないが……」

その檻(おり)があるからこそ、周囲の魔術師達は躊躇(ためら)いなく魔術を連射する。

狙いを付ける必要はなく、一工程の魔術を、可能な限り数多く撃ち放った。

様々な術と呪いの乱撃。

だが、オルグ・ラムの車輪はその全てに合わせて魔術の質と構成を変化させ、自在に跳弾を撃ち返す事で全ての攻撃をティアへと収束させていた。

「先生の教えを基に私が目指したのは……姉に限らず、万人の補助輪となりうる魔術だ」

それにどれだけ精密な魔力制御が必要なのか理解しているティアは、心中で舌打ちをする。

このオルグという青年もまた、フラットや凛と同じ——

エルメロイ教室で学びを受けた、悪魔じみた技能を持つ生徒の一人なのだと。


かつて、オルグ・ラムは魔術師たる自分を諦めていた。

車輪を用いた特殊な魔術を行使する家系の出であり、魔術回路の本数の多さやその勤勉さなどから、魔術刻印を受け継ぐ本命の一人として数えられていたオルグ。

だが、様々な思惑が入り乱れた結果、当初の下馬評を覆す形で、彼の姉であるジーン・ラムが魔術刻印の継承者として選ばれた。

そして、当主の推察通り、ジーン・ラムは刻印に刻まれていた魔術回路の力を最大限に引き出していく。豪快にして繊細なそのハンドリングにより、瞬く間にオルグを置き去りにする。

後に『疾風車輪』の二つ名で知られ、車輪を用いた魔術を行使する一族の最高点と言われたジーンは、その後『イヴァン雷帝の書庫を探す』と言ってフリーランスとなった。

魔術の実力も、その自由さにおいても一生追いつく事はできぬと悟ったオルグ。

彼は『姉に不測の事態があった時の代用品』として生涯を終える覚悟をしながら時計塔に身を置いたのだが、そこで彼はロード・エルメロイII世の眼に留まる事となる。

——「車輪は魔術世界においては、循環と再生、変化、調和、純粋なる力、旅に探究……文化や信仰体系によって意味合いが変わる」

――「君が如何（いか）なる文脈で用いるかにもよるが……車輪は本来、前輪と後輪、双輪や補助輪と言ったように、組み合わせて使う事で安定を見せる」

――「刻印を継がぬ以上、君は選ぶ事ができる」

――「当主を補佐する為（ため）に線路が敷かれた道か」

――「あるいは、敢（あ）えて君の魔術になぞらえて言うならば……轍（わだち）の無い雪原を」

――「そこに新たな文脈を刻めるのは、才能がある者の特権だがね」

才能という単語を少しだけ忌々（いまいま）しげに言ったエルメロイⅡ世。

そんな彼に師事をしたオルグは、姉譲りのビブリオマニアとして蓄積した知識と、生来の勤勉さを武器とし更に鍛え上げた結果、ついに新たな轍（わだち）を刻む事に成功した。

エルメロイ教室という魔窟の中で、襲い来る多種多様なトラブル。

半ば強制的に巻き込まれる内に、教室の様々な魔術師達とやむなく共闘する事も多く、雪原の轍（わだち）は自然と踏み固められる事となる。

何度も、何度も。

そして、いつしか轍（わだち）は道と化した。

己の姉だけではなく、異なる系譜の魔術刻印を持つ多くの者を補佐する為（ため）の新たなる車輪魔術を完成させ、典位の座にまで辿（たど）り着（つ）いた。

これは、彼が特別な一人というわけではない。

無論、斯様な経緯で典位以上の称号を得る者は、魔術世界全体で一握りと言って良いだろう。

時計塔における典位とは、それ程に貴重な称号だ。

だが、その一握りが、集まる場所がある。

エルメロイ教室。

オルグのケースは一例に過ぎず、教室において似たような事情を抱える生徒は多い。

己の才に気付かずに生き足掻く者。

あるいは己の才こそが呪いとなっている者。

小さな気付きの積み重ねであれ、一つの大いなる教導の結果であれ、壁を打ち破る手段を得た者達は、それぞれが想定していた以上の高みへと上り詰める。

これは、エルメロイ教室では良くある話。

凛やルヴィアのように、元より想定している高みの為に自ずと受講を選ぶ者も居る為、全ての生徒が同様というわけでもないのだが――

どちらにせよ、結果として高位の魔術師が輩出されてしまう為、エルメロイ教室は今や時計塔の中で全ての派閥から注視されている勢力として知られていた。

時計塔という魔窟の中でも危険視される勢力が、今、ティアという怪物の前に立ち塞がる。

「北極海の氷陸を煮溶かした貴君に、正面から闘えるなどとは思っていない」

オルグの言葉を引き継ぐ形で、双子の姉妹がティアを挑発するように笑う。

「そうそう、やるだけ損ってやつ？　結局、私達はポルテちゃんのサポートが目的だし」

「魔術師なら、そういう正面衝突しないように立ち回らないといけないよね、お互いにね！」

軽口を叩きながら、双子は互いの魔術を展開していく。

「でも、ま、アレだよね！　こういうの、うちらは慣れっこだし？」

「トーコとマジ揉めした時は、クラス全員死ぬかと思ったしね！」

ペンテル姉妹のような双子の魔術師には、その特性を生かした魔術もいくつか系統がある。

有名処では『天秤』と称されるエーデルフェルト家、あるいは結合した双子と称されるペンテルの親戚筋の兄弟の術式などがあげられるが――ラディアとナジカの姉妹の場合は、互いを鏡とみなし、合わせ鏡の間に映り込む互いの間で魔術を反射させ、高速で循環と変化、増幅を成すものだ。

「ま、結局あの大魔術を出されたらこの土地ごとみんな吹き飛ばされちゃうわけだし？」

「だったら、出す暇をあげなければいいんだよね……っと！」

一工程に過ぎない筈の魔術弾が瞬間的に膨れあがり、ティアの周囲に一瞬で展開する。

洗練された魔術の腕前は脅威ではあるが、ティアが単体で相手どるならば決して怖い相手ではない。

　だが、今の状況はまるで違うとティアは知っている。

　それを証明するかのように、ティアが滑車を避ける形で地上へと魔術を撃ち放とうとする度に、その軌道上に蝶（ちょう）が舞い、距離と方向を曖昧なものへと変化させた。

「すまないな、ティア・エスカルドス」

　周囲の土地の状況を最大限に生かす事で、サーヴァントに近しい魔術を行使するヴェルナーが、毅然（きぜん）とした調子でティアへと声をかける。

「正直、まともに相手をすれば、あの凄（すさ）まじいランサーの猛攻をしのぎ、大地そのものを破壊しうる君に勝てる道理がこちらにはない」

　言いながら、彼は更に無数の蝶（ちょう）を大地の中に展開させた。

「なので、こちらは道理を捨て……まともに相手をしない事にした」

　イシュタル女神によって星のテクスチャの表面が塗り替えられかけ、さらにそれが阻止された直後のスノーフィールド。

　揺り戻しにより現実と神秘が程良く『あわい』となっているこの地において、ヴェルナーの魔術は真骨頂を見せつつあった。

「君から見れば旧人類かもしれぬ我々だが……」

「……！　お前達、まさか、エスカルドスの家系の事をそこまで……」

相手がメサラ・エスカルドスの思惑にまで辿(たど)り着(つ)いていると気付き、問い掛けるティア。

だが、答えの代わりに、ヴェルナーは慇懃(いんぎん)な一礼と共に挑発の言葉を返した。

「君にとって、神秘と共に消えゆく魔術師(弱者)の悪あがき、しかと味わってくれたまえ」

ヴェルナーの蝶魔術(パピリオ・マギア)が空間を曖昧にする事でこちらの攻撃を防ぎ、避けた筈(はず)の攻撃もオルグの車輪魔術によって背後からの追撃に変わる。

蝶魔術(パピリオ・マギア)の支援を受けたペンテル姉妹の合わせ鏡。それによる魔力弾の増幅は、彼女達自身のもののみならず、そこに映し出された凛(りん)やルヴィアの『フィンの一撃』すらコピーするのだ。

無論、中には全く連係を取る気が無い者も多いのだが――クラスメイトのそうした性質を把握しているが故に、勝手にその特性を利用し、取り込み、己の魔術として機能させる。

クラスメイト同士で主導権を奪いながら、それが足の引っ張り合いとならずに結果としてティアに効果的な打撃を与えてくる。

悪夢か何かの冗談としか思えぬ状況だが、事実、ティアにとっての相性は最悪に近い。

サーヴァント単体が相手であれば、対抗する道はある。

実際、奥の手を使われていないとはいえ、エルキドゥを相手に一定時間渡り合う事も可能であった。

だが、ここまで複雑怪奇で先の読めない状況となると、完全に魔力の流れが読み切れなくなってしまう。

――『俺』なら……。

フラット・エスカルドスの事を思い出し、頭から消し去る。

ティアも理解はしていた。

このような状況に強いのは、完全な計測と計算を用いて魔術に対応する自分ではなく、直感と感性が優れたフラットの方だと。

だが、無い物ねだりをしていても仕方が無い。

それを理解しているティアは、一定の被弾を覚悟で己の周囲を巡る『星』のひとつを爆発させた。

周囲の魔力構成を弾(はじ)き飛(と)ばすのがひとつの目的。

収束させた魔力弾などでは『滑車』や『鏡』に弾(はじ)かれてしまう為(ため)、複数の魔術を融合させた特殊な『霧』で全方向を包み込んだ。

瞬間的に編んだ魔術であるが故に、必殺の威力は出ないが目的はあくまで目眩(めくら)まし。

更に広範囲に霧を拡散させたティアは、己の姿と魔力をその中に隠しながら上空へと己の身体(からだ)を上昇させた。

飛行魔術は、魔法に近しい大魔術と言われている。

通常ならば高位の魔術師が自分の管理する土地でならば行使できるという代物だが、ティアは複数の魔術を操り、卓越した魔力操作をもってそれを可能としていた。

とはいえ、トーコ・トラベルなどの反則めいた飛行魔術や、エルキドゥの砲撃によって成層圏まで押し上げられた時ほどの速度はでない。

それでも、ある程度の高度を取れば問題はないだろう。

あとは一方的に空から魔術を撃ち放てば制圧は簡単だ。

心中でそのような打算を組みながら空に向かうティア。


「……？」


地上から強い視線を感じとり、そちらに目を向ける。

次の瞬間——地上から空に突き抜ける衝撃が走り、自分の周囲の霧だけがクッキリと切り取られるように吹き飛ばされた。

「！」

何故こちらの位置が正確に分かったのか、そして、どうしてこの霧を吹き飛ばす程の魔術の前兆に気付く事ができなかったのか——その理由を、眼下に見えた光景で察するティア。

そこに居たのは、天体科に移籍したメアリ・リル・ファーゴと、時計塔一級講師の息子であるフェズグラム・ヴォル・センベルンであった。

天体魔術の応用で、夜天の側から占術的にこちらの位置を見透かすメアリが、こちらをまっすぐに指差していたのである。

「……そこまで正確に観測できるのか……？」

ティアの呻き（うめ）が届いている筈（はず）もないのだが、地上にいるメアリは相手の意図を察して口を開いた。

「……流石（さすが）に、大体の位置だけですよ。ですから、その範囲の霧を晴らして貰（もら）いました」

それに合わせ、横にいるフェズグラムが苦笑する。

「私には、霧を晴らす事がせいぜいだがね」

親譲りなのか、教科書通りの生真面目な魔術を用いて、周囲30メートル四方に規則的に魔術礼装を浮かせている。

そして、『教科書通り』を『型破り』なレベルにまで突き詰める道を選んだ彼は、計算機のように繊細な魔力操作で無数の魔術礼装を操りながら言った。

代々衝撃を与える魔術に特化した家系であるセンベルン家において、彼は魔力回路は父親より発達していたが、出力に癖があった。

小さな魔術を並行して無数にコントロールする事は得意だが、その魔力を注（そそ）ぎ込んで巨大なひとつの衝撃を生み出す事を苦手としていたのであるが――彼もまた、エルメロイ教室で答えを見つける。

フェズグラムの魔術は、無数の礼装を同時に起動させ、小さな衝撃を巧みに積み重ねることで最終的に狙った地点に、恣意的な方向性をもって圧倒的な力を生み出すものだった。

生み出されるひとつひとつの衝撃波は単独ではほとんど影響がないが、それぞれの振動が互いに干渉し合い、共鳴しながらそのエネルギーは増幅されていく。

大海における不規則な波の衝突が組み合わさる事で、最終的に巨大な波を生み出す現象によく似ていた。

単に力を加えるのではなく、察知されづらい小さな魔力の流れを無数に操ることでティアの目をかいくぐり――衝撃の全てをメアリの指した空間に集約させる事で、周囲に拡散するエネルギーを生み出して霧を一気に晴らしたのだ。

「まあ、私の魔術で君の障壁にダメージを与えられるとは思っていないが……」

フェズグラムがそう言った瞬間、ティアは己の身体(からだ)が全方向からの衝撃で縛り付けられる感覚に襲われる。

「……！」

衝撃を掌(つかさど)るフェズグラムの魔術ではない。

別の人間によるものであり、魔術ではなく異能の類だ。

それを瞬時に理解したティアに、フェズグラムの言葉の続きが届く。

「彼女の視線が通りさえすれば、問題ない」

それに合わせ、状況に場違いな明るい声が響き渉った。

「はいはーい！　もうここまで来たらヤケっていうか、大盤振る舞いで私がエルメロイ教室にとっての重要キャラ、そして先生の愛人だって事をアピールしていきますよーっと！　お金と研磨の手間ぐらい、みんなの恩と先生の身体でチャラって事で！」

少し離れた場所から、イヴェット・Ｌ・レーマンが大仰に手を動かしながらティアを見上げている。

勝手な事を言うなと周囲の生徒達に文句を言われるのを無視してはしゃいでいるが、その視線だけは決してティアから外していなかった。

普段彼女がつけている眼帯は既に外されており、その下からは色濃い金色の輝きが覗く。

強制の魔眼。

それは見つめた他者に特定の行動を強制する魔眼であり、戦闘中に相手の動きを封じるには最適な技のひとつだ。

彼女の右目に収まるそれが、イヴェット自身が宝石を磨き上げた人工的なものか、あるいは魔眼蒐集列車のオークションなどから買い付けたものかは強い輝きに隠されて分からない。

発動した能力を見ただけではその区別が付かぬほどに、レーマンの一族の人工魔眼製造の技術は確かなものであった。

だが、今重要なのはその魔眼が人工物か天然物かという事ではない。

「歪曲(わいきょく)の魔眼のような異能の類だったら、これで終わりだったろうが……」

イヴェットの魔眼を元より警戒していたティアは、冷静に己の中の魔力を動かし、自らの皮膚と周囲の空気を対魔眼礼装──『魔眼殺し』の性質と同じ性質のものへと変化させた。

「強制の魔眼は、魔術回路と魔術式の延長だ。『俺』ならともかく、『僕』に通じると思ったか？」

こうした速度と力業については、フラットではなく自分の領域だ。

また失った片翼を意識してしまった事に心中で歯噛(はが)みをしつつ、ティアはそれを振りきる為(ため)に、すかさず周囲の星のひとつを回転させる。

眼下のイヴェットを含め、エルメロイ教室の面々を黙らせるには、北極の大半を消し飛ばしたような力業は危険だ。

単なる高威力の破壊術式の場合、こちらにカウンターを決めかねない魔術師が数人いる。

だが──搦(から)め手(て)は更に危険だ、とティアは考えた。

五大元素使いであり、こちらのあらゆる術式に後出しで対応できる遠坂凛(とおさかりん)をはじめ、ヴェルナーの蝶魔術(バビリオ・マギア)も厄介である。

ならば、どうするか？

――……。

ティアは、既に己の中で答えが出ている事を認めた。

――やはり、『僕』は、『俺』……フラット・エスカルドスから心を切り離せないらしい。

彼が選んだものは、フラットが最も得意とした混沌魔術。

世界中の魔術大系から良い所どりをする現代的な魔術であるが、その基盤は実に脆弱であり、通常は不安定さが祟って大した力を発揮する事はない。

だが、フラットはその天才的な感性で『起こしたい現象の為に、専用の基盤とアプリケーションを一から構築する』という真似を毎回やってのけ、自分でも二度と再現できぬ魔術で無茶を通すが故に『天恵の忌み子』と怖れられてきた。

だが――ティアの場合は違う。

フラットが過去に構築した基盤とアプリケーションを全て記憶している上に、フラットが感覚でこなす事に近い領域を計算で執り行う事が可能だ。

そして、ティアはその能力を最大限に使い、理解できぬが故に対応も困難な『混沌』を生み出そうと試みる。

強制の魔眼の力から解放されつつある状況で、ティアは己の周囲を巡る星の一つに、シンプルであるが様々な属性の魔術を込め始めた。

範囲は眼下の荒野、エルメロイ教室の面々が展開している場に限定し、その分だけ発動する魔術の威力を高めていく。

フラットが友達だと言っていた者達を、フラットの力で叩き潰す。

その意味を1秒だけ嚙みしめた後、ティアは静かに心中で呟いた。

――もういない相手に対して、本当に意味の無い事だが。

――……ごめん。フラット。

――僕は今から君という存在を、本当の意味で殺す事になる。

完全に魔眼の力を解除し、動けるようなった時が最後。

その瞬間に、自らの術式『空洞異譚／忘却は祝祭に至れり』が発動し、エルメロイ教室との決着がつく。

そう覚悟したティアであったが――

彼が嚙みしめた1秒の逡巡と懺悔。

結果として、それが致命的となった。


「……？」

ティアは気付く。

強制の魔眼の効果が解けかけているのは、魔眼の持ち主であるイヴェット自身が理解している筈だ。

しかし、彼女はこちらを睨め付けたまま、不敵に笑みを浮かべている。

嫌な予感がしたティアが、不完全なまま『星』を射出しようとした瞬間――

彼の世界が、激しい閃光に包まれる。

×　　　×

エルメロイ教室の面々の半数は、その光景を見て目を丸くしていた。

彼女が何をしたかを理解している少数の者も、『本当にやりやがった』という顔でイヴェットの方を見ている。

何が起こったのか？

それは、言葉にしてしまえば単純至極な現象。

イヴェット・L・レーマンが、目からビームを出した。

　ただ、それだけの事であった。

　単なる炎燃の魔眼などの攻撃魔術というのであれば、さして不自然な光景ではない。

　だが、不自然であったのはそのあまりに埒外な規模と威力である。

　大型の戦車やジャンボジェット機程度ならば一瞬で溶解させてしまうのではないかという高出力の光線に、更に魔眼本来の機能である強制の力が上乗せされていた一撃だ。

　ピンク色のゴスロリ服を纏った淑女の目から天をも貫く光線が放たれるなどという異常事態を一瞬で呑み込める者は、流石のエルメロイ教室の面々でもそう多くはない。

　遠坂凛は呆れたようにイヴェットを見て言った。

「あんた……やるとは聞いてたけど……本当にやったの？　正気？」

　イヴェットはそれを聞いて、お互い様だという顔で凛を見る。

「正気の人間が、最初っからこんな場所来る筈ないでしょ！　アッハハハ！　もう笑うしかないですよコレ！　むっちゃ痛ぁーい！」

　彼女は右目から血涙と共に煙を滲ませており、その眼球が灰となって眼窩から零れ落ちた。

　もはや元が本物の眼球であったのか人工魔眼の宝石であったのか分からぬ程に焼け崩れた灰を払いながら、イヴェットが周囲の中で頭に疑問府を浮かべている数名に説明する。

「先生のいつもの悪い癖ですってば。見たものを解析して、『とりあえずやってみろ』てこっちに丸投げしてくるアレ」

それだけを聞いて、周囲の面々は『ああ……』と納得して上空に目を戻した。

カウレスの原始電池をはじめ、ロード・エルメロイⅡ世は他者の魔術を観(み)るなり解析する癖があり、それが魔術世界内で特許をとっていないと知るや、自分の生徒の中で一番系統が合っていそうな者にあっさりと使わせる。

彼が『略奪公』という渾名(あだな)を付けられる一因であり、イヴェットがいましがた為(な)した事も、特許をとっていない方が悪いという、いつもの論法で譲られた魔術であったが――

数年前のとある事件の事情を詳しく知っているルヴィアが、その魔術の素となったものの名称を口にする。

「呆(あき)れますわね……。魔眼大投射……まさか本当に、個人の眼(め)でやってのけるとは……」

「ハイそこ！　名前出さなーい！　もどき！　あくまで元と全然似つかない大投射もどきです！　いいですね！　ハイ解散！　この話題終わり！　流石(さすが)に魔眼オークションと揉(も)めるのはうちの家的には致命的なんで！」

魔眼大投射というのは、以前とある事件でロード・エルメロイⅡ世と内弟子、そしてイヴェットやカウレスが関わった、上級死徒が運営する『魔眼蒐集列車(レール・ツェッペリン)』の装備のひとつだ。

保存している魔眼を弾丸として消費し、内包した魔力回路と刻印に似た機能を完全に使い潰す事で、魔力の奔流と共に魔眼の力を爆発的に増加させる秘術である。

――「上級死徒と同じことが、我々にできるわけないだろう」

――「だが、同じ結果を求めるだけで良いなら不可能ではないな。要は魔眼の魔力を絞り出す、という方向性を突き詰めればいい。イヴェットの家伝の魔術なら元々向いているだろう」

そんな師の言葉を思い出しながら、イヴェットは別の魔眼をはめ直そうとするも『あっ、これ暫く無理だ……』と言って眼帯を付け直し、誤魔化すような形でアイドルのようなポーズをとって独りごちた。

「まったく、先生って絶対いつか誰かに後ろから刺されちゃいますよねー。まんまと使えるようになっちゃった私が言うのもなんですけど！」

×　　×

一方、空にいるティアはただならぬ被害をその身に受けていた。

純粋な魔力の奔流だけでもその衝撃は凄まじく、準備していた『星』の混沌魔術がキャンセルされている。

ティア本体は無事だが、代わりに強制の魔眼の『動くな』という呪詛をまともに受け止めてしまい、ただの強い魔力が込められた砲弾と化してしまっていた。

魔眼殺しの防御展開が進んでいたから良いものの、素の状態で喰らっていたらティア自身も数日は動きを封じられていたか、最悪生命活動そのものを止められていたかもしれない。

——だが、まだ僕は動ける。

——込めた魔力そのものは散っていない。

——すぐに、魔術を再構成すれば……


ティアがそう考えた瞬間——

不意打ちのように、空が暗くなった。

「⁉」

それは、大地を喰らわんとする巨大な蛇。

つい先刻、ネオ・イシュタル神殿を襲っていた大蛇であり、最終的にイシュタル自身の戦鎚と化していた毒蛇だ。

「ヒュドラ……⁉」

「フフ、フフフ。やっと、隙を見せてくれたな」

その巨大な蛇の背に乗る魔術師が一人。

「イヴェットの奇行だ、気を取られるのも無理もない」

足元から無数の蛇のような魔力を生み出し、擬似的にヒュドラと融合しているような状態の蛇使い──ローランド・ベルジンスキーだ。

爬虫類に特化した家系の中でも、出奔した親戚筋である『銀蜥蜴』──ロットウェル・ベルジンスキーと並ぶ適性を持っている傑物である。

ヒュドラも概念的な残滓であり、イシュタルの戦鎚からほどけ落ちた残滓をローランドの魔術で具現化させているに過ぎない。

既に抜け殻である上、イシュタルの神気にあてられた巨蛇からは既に死毒も失われていた。

だが、それでもティアの小柄な身体を丸呑みし、存在が崩れ落ちる前に地面に叩き付ける事は充分に可能だろう。

「やりたい放題にも……ほどがあるだろ！」

その全てを瞬時に理解した上で、ティアは思わず叫んだ。

押し殺していた筈の感情が、表へと零れ落ちる。

彼自身も己の身に起きている異常を理解した。

──ああ、ダメだ。

──やはり、こいつらは、ダメだ。

──僕の調子を、僕の心を、僕の決意を、こんなにも狂わせる。

エルキドゥや西の空で争う英霊達ではない。

強大な力を持った英霊ではなく、今、自分が相対している者達こそが己にとっての最大の障壁であると。

それを確信しながら、ティアは魔力が装填されている『星』を大蛇に向かって射出しようとする。感情のままに、全てを吹き飛ばす為に。

だが——エルメロイ教室の戦闘の方向性は、いまだ崩れず。

ティアに、徹底して大魔術を使わせず、出鼻を徹底的に挫き続けるというシンプルな攻防。

「Pallida mors」

くぐもった声が、何処かから響き——

その次なる一手が、開かれた大蛇の口から現れた。

「！」

ヒュドラの口腔内から飛び出した影が、砲弾の如き勢いでティアに躍り掛かる。

「やりたい放題だと？」

鋭い爪と鋼の体毛に包まれた手が、ティアの前に浮かぶ『星』を真っ二つに切り裂いた。

「あのバカなら、こう言うぞ」

込められていた魔力が勢い良く霧散し、凄まじい勢いで周囲に拡散する。

魔力の輝きの中、ティアの両腕を掴(つか)み上げたのは――美しい獣であった。

「……『ハリウッドを吹き飛ばそうとした奴(やつ)に言われたくない』……ってな！」

幻想種たる人狼(じんろう)のようにも見える、巨大な二足歩行の狼(おおかみ)。

実際に獣人と化しているわけではない。

可視化される程に濃密な魔力を身体(からだ)に纏(まと)う事で、見る者全てに獣の姿を幻視させる獣性魔術の真骨頂――一部の魔術師の間では幻狼(げんろう)化と呼ばれている状態だ。

そして、ティアは叫ぶ。

半身を失ってから、己の内側に鬱積し続けていた何かを吐き出すように――

「やはり、お前が来るか……！」

かつて『エルメロイ教室の双璧』と呼ばれ、フラット・エスカルドスと並ぶ天才と称された青年の名を。

「スヴィン・グラシュエート……ッ！」

両腕を押さえ込まれたまま、ヒュドラの頭部と平行して地面に向かって落下しているティアとスヴィン。

だが、ティアは落下を怖(おそ)れない。

エルキドゥとのひとあてにより、空中戦は既に経験している。

「いいから……大人しく話を聞け！」

落下を続けながら、摑み込んだ腕に力を込めるスヴィン。

「あのバカとずっと一緒にいるような奴が、今さら真面目なフリをするな！」

フィジカルだけならば、人間の腕を折る事は疎か、握り潰す形で引きちぎる事すら容易だ。

だが、ティアの身体は元より半分崩壊していて、魔力によって無理やり人の形に繫ぎ合わせている状態である。

それを強引に魔力で人型に圧し固めているが故に、その硬度は魔力に依存していた。

スヴィンの剛力を防ぐだけの硬度ならば、魔力が続く間ならば維持できる。

ティアはそう判断し、冷静に術式を組み上げるが——

その身体が、不意に空中に放り投げられた。

「くっ……。……ッ⁉」

その背に、鋭い追撃が加えられる。

頭上に現れた新たな影に眼を向けると——それもまた、幻狼の姿を身体に纏った二人目のスヴィンであった。

先刻『星』を切り裂いたのは、魔力の流れを摑めるティアへの目眩まし。

その一瞬の隙を突いて、予めヒュドラの口腔内に残していた魔力による分身を繰り出してきたのだ。

更に、その魔力の気配が連鎖する。

「……また、数を増やしたのか」

魔術で落下の速度を緩めながら、ティアは周囲の魔力の流れを見て呟いた。

螺旋を描くように身を捻りながら落下するヒュドラ。

その背に無数のスヴィンの分身が立ち、幻狼の群れは落下するヒュドラの背を飛び交いながら、ティアを完全に包囲していた。

「急げよスヴィン、そろそろこちらも限界だ」

崩れ始めたヒュドラに乗るローランドの言葉に、スヴィンは行動を以て答える。

幻狼達の呼吸が同時に止まり——

次の瞬間、その全てが姿を消した。

人間の眼には、残像すら終えぬ速度。

速度に特化したサーヴァント達には及ばないが、それでも通常の魔術師であれば反応すら許されぬ動きで、残像そのものが刃と化してスノーフィールドの空に煌めいた。

一方のティアは、己の回りに複数の『星』を高速で周回させ、人の反射速度を超えた幻狼達を迎撃しようと試みる。

その内の一体、真正面から突き進んでくる幻狼の顔面を撃ち抜いた刹那——

頭を砕かれた人狼の胸が割れ、そこから新たな腕が生えてくる。

自分自身の分体を隠れ蓑にした、シンプルだが効果的な一手。

完全に不意を衝かれる形となったティアの喉に、幻狼の爪が食い込んだ。

喉輪を決められたティアは首を折られる可能性を考慮し、魔術による硬度強化を最大限に引き上げるが――それを待っていたかのように、周囲を高速移動していた幻狼の残像が一斉に消え失せる。

そして、消えた人狼達の背後に隠れる形で展開していた、無数の車輪がその姿を現した。

――しまっ……。

そして、エルメロイ教室の面子が総出で放った魔術が、スヴィンの身体ごとティアを激しく撃ち降ろした。


「……お前もフラットも、魔力が見え過ぎる」

柔らかくなった地面に激突したティアは、そのままスヴィンに見下ろされている。

だが、スヴィンのダメージも軽くはなかったようで、幻狼状態は解かれ、人間の姿のまま崩れかけているティアに対して言葉を紡ぎ出した。

「だから、普通の奴じゃそもそも見えない僕の動きにまで、魔力の軌跡を辿って嫌でも反応する。フラットの奴は勘でなんとかするのが腹立たしいんだが……。お前は素直過ぎる。そんな感じの匂いがした。まっすぐで丸いのに、折りたたまれて縮こまってるような匂いだ」

アドバイスとも取れる言葉を投げかけているのは、単純に己の魔力と傷の回復の為の時間稼ぎだろう。

それを理解しつつも、ティアはスヴィンを見上げつつ、呆れたように言った。

「どうかしてる……」

「何がだよ」

「最後に僕を押さえ込むのは、分体を使えば良かっただろう……なんで本体が一緒に周りの追撃を受けながら落ちるんだ……？」

「分体じゃ、お前に確実にハッキングされる。寝返った自分の分体に襲われるのはごめんだ」

淡々と語るスヴィンに、ティアは全てを諦めたように空を見上げる。

「今日来てるエルメロイ教室の面子の中じゃ、君が一番やりにくい相手だった」

「そうかよ」

肩を竦めながら、倒れたティアの隣に座り込むスヴィン。

「まだ、立てそうにないか？」

「肉体の再構成に手間取ってる」

ティアは己の身体の状態を正確に把握しながら答えた。

魔力で無理矢理ダメージを回復させているが、銃で身体を破壊された時とは違い、イヴェットの魔眼大投射による強制の呪いがまだ残っており、瞬時に回復するというわけにはいかない。

「とどめを刺して、人類を脅威から救うチャンスだぞ」

「興味無いな」

まるで軽口のように言うティアに、スヴィンは答えた。

「僕はただ、先生に迷惑を掛け続けるバカどもを殴りに来ただけだ」

「それには、『僕』も入ってるのか？」

「当然だろ」

「……『僕』の事を知ってる奴は一人しか思い浮かばないが……そいつは、人にベラベラ喋るような奴じゃない。どうやって気付いた？」

無表情のまま、疑念を口にするティア。

ティアも、ここにいる面子の事は識っている。

だが、それは全てフラットという目を通して見た情報に過ぎず、自分が表に出た事は一度も無い。唯一、魔術回路の共有という実験めいた真似をした赤毛の異能者だけはこちらの事を察しているかもしれないが、それでも明確に会話をしたわけではないし、なによりその赤毛の異能者の気配は、現在この街から感じられない。

スヴィン・グラシュエートは、困惑するティアに言葉を返す。

「勘のいい連中は、何年も前からなんとなく気付いてたさ。僕も匂いで分かってたしな。とっちらかった匂いの中で、お前は一際危ない感じがした。……だから壊した方がいいって言ったんだ」

「……それ、『俺』と初めて会った時の話じゃないか……」

「だけど、危ない感じの割に、綺麗に纏まってる匂いでもあった。あいつが時々自分を『僕』って呼んだ時だけ、その匂いが強くなる」

「……」

「最初は多重人格か、魔術で意図的に作ったペルソナかと思ってたが……どうも、そうじゃなかったらしいな。だからこそ僕は最初、お前……というか、お前らを信用しなかった。どう見たって他から送り込まれた爆弾だし、そうじゃなくても厄介事の塊だ。……だけど、先生はそれを解った上で全部呑み込んだ。なら、僕が追及するのは野暮というものだ」

「ロード・エルメロイⅡ世も、僕の存在に気付いていたと……？」

ほんの僅かに、ティアの声に感情が混ざり込む。

驚きと諦めが入り交じったようなささやかな変化を前に、スヴィンは続けた。

「今ので確信した。お前が居る限り、まだ、フラットのバカは消えてないし……多分先生は、お前の事も生徒だと思っているさ」

「……。……そうだな、あの教師が気付かないわけがない……か」

ティアは、反撃の為に密かに魔力を込め始めていた『星』を停止させ、疲れたように空を仰ぎ見る。

「今なら、俺を簡単に壊せるぞ」

「興味無いって言ったろ。壊して欲しいのか？」

「それは……」

答えを返しかけたその刹那。

ティアが見上げる空を、一筋の光が通り過ぎた。

「……？」

僅か一瞬。

光速には遠く及ばないが、音は置き去りにする速さで、凄まじく濃密な魔力の塊が空を切り裂きながら西の積乱雲へと向かって飛び去ったのだ。

一瞬遅れて、台風の風の流れを押し戻すかのような衝撃が空と大地を駆けぬける。

これもエルメロイ教室の仕業かと思ったティアだったが——エルメロイ教室の面々も、神妙な面持ちで西の空に目を向けていた。

「……なんだ？」

魔力の流れを観る事ができるティアは、その異様さに改めて気付く。

金色の光の後には、魔力の残滓が微塵も感じられなかった。

あれほどに濃密な魔力を、欠片も無駄にすることなく運用する『何か』。

そんな得体の知れないものが、西で繰り広げられている神話の如き争いに加わろうとしているのだ。


「あれは、もしかして……」


ティアの中に一人の英霊の姿が思い浮かぶが、確信が持てない。

思い浮かべたその英霊は、以前は確かに強い神性を持ち合わせていた。

だが、あれだけ強大な魔力であるにも拘わらず、今しがたの空を走った光には――

イシュタル女神やアルケイデス、ライダーが纏っていたような神気が、ほんの一欠片も感じられなかったのだ。

×　　×

積乱雲内部

この戦いは、ただの戦いではない。

人間の姿をした者同士の激突であるにも拘(かか)わらず、それは自然の力と人間の意志がぶつかり合う、壮大な物語の一部のようであった。

アマゾネスの騎兵は、この嵐の中で自らの運命を切り拓(ひら)かんとする。

彼女の弓の矢が風を切り、雷を駆け、雨を突き抜ける。

そして、開(ひら)けた道を巨大な戦斧(せんぷ)が薙(な)ぎ払(はら)う。

そのすべてが、彼女の強さと決意の証(あかし)だ。

父であるアレスの加護と、巫女(みこ)に与えられしアルテミスの加護。

女王として部族を率いてきた経験と、純粋なる武の研鑽(けんさん)。

更には、マスター達から受けた最大限の援護。

与えられたもの、自ら築き上げたもの、その全てを注(そそ)ぎ込み、アルケイデスの打倒を目指す。

宝具である戦斧(せんぷ)の一撃。

振り下ろすと同時に愛馬も地面へと降り立ち、数十メートル先に、倒すべき敵の姿がある。

そして今、アルケイデスの身体(からだ)には、一筋の傷が刻まれていた。

台風の一部を消失させる程の一撃であったが、その身体(からだ)を両断するには至らず。

だが、無敵と思われた肉体に、確かにヒッポリュテは傷をつけたのだ。

勢いに乗るヒッポリュテ。

このまま一気に攻めきらんとしたのだが、その腕が止まる。

研ぎ澄まされた戦士としての本能が気付いたのだ。

何者かが——凄まじい力を秘めた何かが、この場に現れようとしていると。

それはアルケイデスも同じであったらしく、己の身体に大きな傷を刻んだヒッポリュテではなく、東の方角へと意識を向けている。

「なんだ……？」

ヒッポリュテの背筋に、冷たい汗が流れる。

得体の知れぬ気配が、積乱雲の豪風の中にぬるりと入り込んでくるかのようだ。

確かにそれは、感じた事のある気配だ。

だが、決定的に何かが違う。

その違和感の正体を確かめようとした、その刹那——

積乱雲の『時』が、完全に停止した。


数万を軽く超える雷光の輝きにより、白い闇と化していた積乱雲。

その稲光が一瞬にして完全に消え去り、雲は太陽光を厚く遮る暗闇の壁と化した。

積乱雲の最上部、所謂台風の目となっていた中心部の空が閉じ、ヒッポリュテとアルケイデスを包む空間が完全な暗闇に閉ざされる。


アルケイデスの仕業とは思えない。

だが、あれほどの雷霆を一瞬で鎮められるものなど、それこそゼウス以外に存在するのであろうか？

ヒッポリュテの抱いた疑念。

それに応える形で、暗闇の中に音が響く。


弦が弾ける、美しい音色。

メロディを奏でているわけではなく、ひとつの音が単体で響いたのみ。

およそ闘いの場には相応しくない、空気そのものを浄化するような透き通る音だった。

「これは……リラか……ハープか？」

古代の弦楽器を想起させる音の余韻が消え入るのと同時に、何かがヒッポリュテ達から離れた部分の大地へと刺さる。

泥水にぬかるんでいる土を浄化するように、それは黄金色に輝いている。

「剣……？」

ヒッポリュテの呟きに答えるかのように、先刻と同じような音色が響く。

その音は、まるで聞く者の意識を導くように空へと吸い込まれていく。

つられるように、ヒッポリュテは音の行き先である空に意識を向けた。

アルケイデスもまた、どこまで意識が明瞭なのかは分からないが、ネメアの革に包まれた顔を空へと向けている。

やがて、音の響きに合わせる形で、空に小さな星が生まれ——

それは、空に届いた音とすれ違うように地上へと落下した。

先刻とはまったく別の場所に落ちたそれは、やはり金色と見紛う魔力の輝きを放つ槍。

更に音が響き、それに合わせて地上に異なる武器が降る。

数度繰り返される内に、音の間隔は徐々に短くなり——やがてその音色は、ひとつの旋律を奏(かな)で始めた。

その意味を理解したヒッポリュテは、武器を握りしめながら空を睨(にら)む。

刹那、彼女は漆黒の空に星々が生まれる瞬間を観(み)た。

遥(はる)か頭上、積乱雲の閉じられた最上部のあたりに、無数の光の輪が輝いている。

「……っ！」

それが何を意味しているのか、ヒッポリュテとアルケイデスは既に知っていた。

北の渓谷にてそれを見ているからこそ、その光が希望を示す道筋ではなく、絶望をもたらす裁きの輝きであると気付いていたのである。

数秒遅れる形で、星空が落ちてくる。

まるで光の滝のように、死の輝きが積乱雲の内部に降り注いだ。

ヒッポリュテは弓を矢継ぎ早に撃ち放ち、己の周囲に降り注ぐ光を相殺(そうさい)する。

アルケイデスもまた、己に直接降り注いだ光を、強弓を振り回す事で打ち払っていた。

やがて流星雨は終わりを告げ、二人の周囲には仄(ほの)かに輝く金色の畑が広がる。

もっとも、地面から生えているのは麦などではなく、空から降り注いだ数多の武具であったのだが。

「これは、やはり……」

ヒッポリュテが呻く。

死んだ筈の英霊の御業だ。

このような冗談じみた物量を用いる者が、今回の聖杯戦争において他にいるとは思えない。

だが、今までは撃ち出された宝具はすぐに消え去り、継続的に射出される形であったが、今回は地面に刺さったまま、尚も輝きを放ち続けていた。

無造作に地面に刺された武具の数々だが、そのどれもが宝具と呼ぶに相応しい格を備えていると分かる。

「？」

中には剣や斧、槍だけではなく、書物や魔術の杖、指輪のようなものまで見受けられた。

似ているのに、違う。

その異質さに不気味なものを感じていると、再びヒッポリュテの耳に弦楽器の音が響いた。

音楽を奏でるわけではなく、ただの一音。

視線を向けると、そこには小振りな金色のリラが空中で回転しており——その傍らに、ひとつの小柄な影が浮かび上がった。

暴風によって折れた木々がいつの間にか積み上げられており、その上に腰をかける、一人の少年。

「――やあ」


リラの音と同じように、透き通るような声。

声に見合った年頃の英霊が、復讐者と騎兵を見つめている。

年齢こそ異なるが、その顔には最初に聖杯戦争から脱落した弓兵の面影がある。

だが、違う。

あの傲慢な王である弓兵とは、決定的に違う何かだ。

ヒッポリュテがそう判断するのと同時に、空中に浮かんだリラが、誰の指を這わせる事もなくひとりでに音を奏でる。

「はじめまして、と言うべきかな」

少年はその音に合わせるかのように、静かに言葉を紡ぎ出した。

「偉大なる英雄に、敬意を」

そう言いながら少年は立ち上がり、恭しく一礼をしてみせた。

彼の所作に嫌味や慇懃さは欠片もなく、心の底からこちらに敬意を払っている空気が感じられる。

他者に頭を下げる時点で、あの弓兵とは別人だ。

ヒッポリュテがそう確信した所で、少年は静かに顔を上げる。

そして、眼前に立つ二人に対し、敬意を抱いたまま次の言葉を口にした。

「その証として……」


次の瞬間、周囲の地面に刺さった宝具が一斉に魔力を放ち——

雷光とは違う色の輝きで、積乱雲の中を染め上げた。

「終焉を、ここに」

×　　×

数分前　クリスタル・ヒル　最上階

「本当に……お目覚めになったと？」

屋上からの階段を駆け下りながら、ティーネ・チェルクが組織の部下であるスーツ姿の男に言った。

普段秘書や運転手の役割をしている腹心は、現在ライダーのマスターであるという集団への使者として派遣している。

だが、部下達は誰もがティーネにとっては家族同然の間柄であり、立場上の階級はあってもティーネは皆を公平に見ていた。

実際に血縁のある者も、流れ着いた者も、今は同じ大地の霊脈に根ざす共同体、コミューンにして魔術結社の一員として扱っている。

そんな彼らの内の一人、屋上で西の空の様子を窺っていたティーネを呼びに来たのだ。

曰く、アーチャーが目覚め、マスターであるティーネを呼んでいると。

「……私はこの子と西の空を見張っておく。アーチャーが目覚めたというのなら、先に私達が敵ではない事を伝えておいてくれ」

そう言った『ライダーのマスターの一人』であるドリス・ルセンドラと、ランサーのマスターである銀狼を屋上に残したまま、ティーネは逸る気持ちを抑えてスイートルームへと向かう。

右手に残された令呪は残り一画。

だが、それを通じてティーネは確かに自分の英霊の気配を感じ取っていた。

寧ろ、魔力の躍動感は契約時よりも上と言っても過言では無い。

——でも。

なにか、おかしい。

溢れんばかりに全てが満ちているのに、何かが欠落している。

それでも、彼女の心は期待に満ちていた。

自分の打った苦し紛れとも言える『一手』が、冥界に落ちかけていた王をこちらに呼び戻す事ができたのではないかと。

故に彼女は、強い矛盾を己と繋がったサーヴァントの脈動に感じとりながらも、勢い良くスイートルームの扉を押し開いた。

「王よ！　お目覚めに——」

そこで、少女の言葉が止まる。

「やあ、マ、ス、タ、ー」

ティーネのイメージの中に無かった言葉が、彼女の魂を惑わせる。

彼女の眼前、スイートルームの窓際に立つその人影は、ティーネの知るアーチャーとは全く異なる姿をしていた。

背丈も低くなっており、顔も若やいでいる。

絵本の中から抜け出してきた英雄、と言うにしては些か未成熟であり、護られる子供と言うにはあまりにも大人びた雰囲気を纏っていた。

幼虫と蛹の時期を経て、昆虫が蛹より羽化した瞬間——いわば、何一つ余計なもののない、完成された瞬間を切り取ったかのようなフォルムとでも言うべきかもしれない。

魔力の質や部下たちの証言を鑑みれば、その英霊が死地より蘇ったアーチャーであるとは推測できた。

だが、それを見ても尚、ティーネはその場に立つ存在が己のサーヴァントである『英雄王ギルガメッシュ』と同一の存在であるという確信が持てない。

彼女の中で抱いていたイメージと、全く違う『何か』がそこに立っているような感覚が少女を襲った。

——誰？

——この人は……この英霊は……誰？

敵意のようなものは感じられない。

寧ろ、ティーネの胸中に去来したものは、果てしない安堵であった。

物語に描かれる冒険譚の主人公、まさしく魔王を倒す為に運命づけられた英雄がいるとしたら、恐らくはこのような存在なのであろうという想いが少女を包む。

聖杯戦争の最中、しかも街が滅ぶか否かの瀬戸際にはあまりにも場違いな空想だ。

だが、ティーネだけではなく、その場に居た彼女の部下達も含め、誰もが同じ想いを抱く。

この存在は、英雄であると。

いや、この存在こそを英雄と呼ぶべきであると。

外見に残されている幼さすらも、成長という希望を内に秘めている事を示している。言わば未成熟だからこその完成図なのだと神々が主張しているかのような姿だった。

しかし——その完成された外見とは逆に、その魔力からは『神気』と言うべきものの一切合切が消え失せてしまっている。

最初に契約した時に溢れ出ていた、まさしく人と神の時代を貫くが如き魔力は完全に消え失せており、純度を高めた人間そのものの気配を身に纏っていた。

土地の霊脈を利用している自分の魔力とも質が違う。

言うなれば、莫大な魔力を持って生まれた赤子が、世界から何一つ浸蝕されぬまま育ったかのような、果てしなく純粋な『人間』の気配。

ティーネの知るかつてのアーチャーが、思わず本能で傅きたくなる覇気を纏っているとすれば、眼前の少年に感じるものは、身体の中心から湧き上がる深き憧憬であった。

目の前の存在に全てを委ねれば何もかもが上手くいく——そんな安心感が、ティーネの心中から止めどなく溢れてくる。

だが、しかし。

だからこそ、ティーネは強い違和感に包まれ、その歩みを止めた。

——この不安は、なんだろう。

緊急時ではあるが、この感覚を放置してはならないのではないか？

そんな気がしてならないティーネは、まず呼吸を整える事に集中する。

己の息が上がっており、過呼吸のような状態になりかけている事に気付いたのだ。

——私の知る王、は……。

彼女は全身にうっすらと汗を滲ませながら、やっとの事で部屋の中に佇む『何か』に対して言葉を絞り出す。

「あなたは……なにもの、ですか」

純然たる問い。

絵画から抜け出してきたかのような英霊は、爽やかな——大地を駆け抜ける心地好い風のような微笑みを浮かべながら、ティーネの問いに答えた。

「サーヴァントだよ」

「……」

「ティーネ・チェルクというマスターと契約を交わした境界記録帯だ」

端的な回答。

しかし、ティーネはそれをどうしても呑み込めず、沈黙する事しかできなかった。

そんな彼女の様子を見て、純白と黄金の花を想起させる少年が言葉を続ける。

「君の事は我の中の『記録』にちゃんとある」

「きろ、く？」

「北の渓谷で出会った時からの、君の言葉も、君が成した事も、英雄王は無駄なものだと切り捨てはしなかったらしい」

英雄王。

そう他人事のように言う少年を前に、ティーネは警戒を強めながらも敢えて強く問い掛けた。

「もう一度尋ねます。あなたは何者ですか！　英雄王とは別の存在であるというのならば、その名を示して頂きたい！」

年齢を思わせぬ、凛とした言葉。

それが焦りを隠す為の擬態である事は、誰よりもティーネ自身が理解していた。

しかし、恐らくはそれを見抜いたであろう英霊は、特に感情を変える事もなく、穏やかな微笑みのまま答える。

「名は同じだよ、マスター。ただ……今の我がアーチャーの霊基を名乗るのは詐称にあたるかもしれない。そうだな、我（ボク）の霊基を表すクラスは……この世界線（流れ）の中では特異な分類になるけれど、こう呼んでくれるといい」

何処（どこ）か遠い空を眺めるように視線を浮かせた後、少年はその霊基を封じる器の名を告げた。

「――――純化されし片鱗（アルターエゴ）――――」

三十二章

『偽りの旅路、在らざる黄金』

クリスタル・ヒル　最上階　スイートルーム

「あるたー……えご？」

聞いた事もないクラスを口にした英霊を前に、ティーネは自分が次にどう行動すべきか、どのような態度を見せるべきか一瞬迷った。

そんなティーネに、アルターエゴと名乗った少年がそっと手を差し出した。

「君の行動は、正しかった。何一つ間違えていない」

手の平の上に置かれていたのは、一つの美しい小瓶。

半分ほど中身が減ったその小瓶は、かつてティーネが英雄王より下賜された『若返りの秘薬』であった。

思わず受け取ってしまったティーネに、英霊は告げる。

「そして君は、幸運だった。賭けに勝ったと言ってもいい」

軽く目を伏せ、英霊の少年は半分独り言のように語り続けた。

「君が英雄王から受け取った『若返りの秘薬』は、身体に刻まれた時の概念そのものを過去に戻す秘薬。全て飲ませていたら、完全に子供の姿に戻っていたよ。叡智はあるが、あの暴力の塊を相手どるには出力が足りない」

部屋の西に見える雷光を着飾った積乱雲。

その中心にある規格外の霊基を見据えながら、少年は続けた。

「もしも以前の霊基のまま目覚めていたら、マスターは罰せられていた事だろう。賢王ならともかく、英雄王は一度下賜したものを返される屈辱を流せる程に寛容じゃない」

「……あなたは、私を罰しないのですか？」

今しがた少年が語った事は、ティーネも考えていた事ではある。

苛烈なる王の側面を持つアーチャーであれば、自分が下賜した薬で助けられたという事実を許さないかもしれない。ティーネはそこで己が殺される事すら覚悟して、アーチャーの霊基をこの場に戻す事を決意したのだ。

だが、目の前の少年が自分を咎める気配はない。

この事実は目の前の英霊が英雄王とは決定的に違う存在という事の証左なのだが、ティーネは認めたくないが故にそれを追及する事ができなかった。

「そんな不合理な事はしないよ。英雄王と我の在り方は違う」

ゆっくりと、こちらを安心させるように微笑む少年。

「君の願いを叶え、我の使命を果たす為にここにいる」

ティアは、その表情とこちらを包み込むような魔力に心を許しかけた。

だが、最後の一線で踏み止まる。

何かが焼け焦げたような匂いが、ティーネの脳に警告を発し続けていた。

そして、彼女は周囲の様子に気付く。

恭しく、自分と少年に対して跪いている部下の面々。

だが――

――……震えている？

顔は地面に向けて伏せられているが、その全身から微かな怯えの感情が漏れ出しており、寧ろそれを必死に隠そうとしているかのように感じられた。

「みんな……どうしたと……」

そして、更にティーネは気付く。

部屋に待機させていた部下達の人数が、いつもよりも少ないと。

何があったのか尋ねようとするティーネ。

すると、そのタイミングで新たに部屋に部下が入って来た。

「ティーネ様！　御無事ですか！」

それは、ティーネが生まれる前から自分の一族に仕えている男であった。

彼は怯えた様子は見せておらず、どうやら外から戻ってきたばかりらしい。

「ええ、私は……無事です」

動揺した様子を見せぬように、精一杯繕って答えるティーネだったが——

彼女は気付いた。

いつの間にか、その部下の男の背後に、小さな鏡が浮かんでいるという事に。

「？」

現代風の手鏡ではなく、日本で言う銅鏡などに近い、どこか神秘的な空気を纏った鏡だ。

戸惑うティーネに対し、部下の男は言葉を続ける。

「それは良かった！　死なれていてはそれまででしたが、これでファルデウスにティーネ様の動向を伝えて恩を売ることができます！」

「……？」

今度は、鏡ではなく男の言葉に疑問が浮かぶ。

あまりといえばあまりの内容に、ティーネの中でその言葉の音と意味を繋げる事ができなかったのだ。

「なに、を……。ファルデウスに……私を、売る？」

「我が一族は代々、チェルクの氏族だけで土地守の魔術を独占している事に納得ができませんでした。故に、この土地が作られるよりも前から、私の一族はファルデウスと取り引きをしていたのです。万事上手くいけば、大聖杯と融合したこの土地の管理を……我が一族の手に……な、これは、ちがっ、違うのです！　いえ、違いません！　なっ、ばか、な、私はなにを違う違わない私は私は私はあぁぁぁあばばば」

自分でも何を言っているのか理解したのだろう。

取り繕おうとした傍から真実の言葉が零れ落ち、男は自らの口を押さえ込もうと必死に手をバタつかせた。

そんな彼を観て混乱するティーネに、アルターエゴの霊基を名乗った少年が言う。

「本音を曝け出す鏡の原典だよ。『英雄王』は、この手のものは使わなかっただろう？」

「……本音、を？」

男の口から漏れ出た言葉の意味を噛みしめ、ティーネが絶望に囚われるその刹那。

己の口に手を突っ込んでいた男の身体の足元が光り輝き、地面から現れた火柱状の巨大な『顎』が現れ、恐怖に戦く男の身体を包み込んだ。

そのまま炎の顎は地面の光輪の中へと引っ込み、肉が焦げる微かな匂いだけが部屋の中に残される。

嗅いだ事があるはずだ。

ティーネは呆けながらそんな事を考える。

それは、自分がギルガメッシュのマスター権を奪い去る為に——

一人の魔術師を、自らの手で焼き殺した時と同じ匂いだったのだから。

「これで、八人」

八人。

その数が何を意味するのか理解したティーネは、ようやく気付いた。

部屋の中の人数がいつもより少ない理由を。

誰もが顔を伏せたまま怯えている理由を。

「あとは、保留にしてる二人をどうするかだけど……これは、君に委ねるよ」

「……保留、ですか」

かろうじて、声を出す事ができた。

それに答える形で、アルターエゴの少年が言う。

「本人達に裏切っている意識はないけれど、敵の支配魔術で洗脳されている人が二人いるんだ。同じようにするか、洗脳を解くか。我が戻ってくるまでに、考えておいて欲しいんだ」

「戻る、まで？」

「ああ、西の台風が……ここまで来ないように抑え込んでくる」

アルターエゴと名乗った少年は、最初と同じく、見る者全てを安堵させるような笑みを浮かべ、そのまま窓の方へと向かう。

「軽く勝ってくると言えない事を、申し訳なく思うけれど……神獣を捻じ伏せた復讐者と、神々を降ろしつつある戦巫女。どちらも甘い霊基じゃない」

まだ修繕中で、ガラスの代わりに板を貼り付けていた一画に少年が近付くと、その板が突然白い炎に包まれ、あっという間に消え失せてしまった。

「戻ったら、ガラスごと直すよ」

「……」

「どうかマスター、気を付けて。君を連れて行くには、あそこにいる英霊達は危険過ぎる」

そして、まだ震えているティーネの部下達に対して、祈るように両手を胸の前で合わせながら、頭を下げる。

「どうか、マスターを……ティーネをよろしくお願いします」

彼の言葉には皮肉も悪意もなく、ただただ純然たる善意に満ち、その姿は、まるで死地に向かう英雄のようであった。

だが、ティーネの部下達は知っている。

知ったというより、この数分の間で強制的に理解させられた。

彼の善意はただ善意というだけであり、そこに情や慈しみに沿った意味合いは欠片もない。

その願いは、命令などではなく純粋なる願いであり——それを聞かぬ者がいれば、あのあどけない表情のまま『無駄な存在』としてこの場から消し去るであろうと。

彼らはそれに気付いてしまったからこそ、全力で首肯する事しかできなかった。


少年は宝物庫から取り出したヴィマーナに一人で乗り込み、西の空へと消えて行く。

残されたティーネは、その場に膝を突き——

再び鼻腔に届いた肉の焦げる匂いに気付いて、一人涙を流した。


部下にそんな姿を見せてはならない。

その思いに縛られ、ティーネは顔を上げぬまま、喉から溢れる嗚咽を必死に抑え続けた。

いつまでも、いつまでも。

×　　×

現在　スノーフィールド市街地

　警官隊とバズディロットが争う喧噪が続く中、その気配に気付いたのは、イシュタル女神の祭祀長と、かつてウルクの大地を踏破した英雄。

「これは……？　この気配は、何？」

　フワワの身体を護るように抱きしめながら、ハルリが西の空に目を向けた。

　それに答える形で、エルキドゥはビルの隙間から覗く西の空を見ながら口を開く。

「人間だよ」

「人間？　まさか、こんな膨大で濃密な……」

　信じられないという目をするハルリに対し、エルキドゥはただ寂しげに西の空を見ながら言葉を続けた。

「霊基の神性を全てイシュタルに奪われて、人間として純化したウルクの王。その中でも……あれは僕が演算した中で、決して訪れる事のなかった結末だ。僕が存在した以上はね」

　エルキドゥは、己の胸に手を当てながら、その可能性があった事自体を悲しむように眼を伏せる。

「僕と出会うことなく、神々と決定的に袂を分かった王。ただ一人での旅路の果てに、自分の中から完全に神の血肉を排除した英雄で、ただ一途に人間の完成を願う『黄金』……」

「……人間そのものを、神の座に押し上げようとする装置(システム)だ」

×　×

スノーフィールド中央病院

「なんだ？　この装置は……うわっ」

ボタンを押した事で周囲から噴き出した滅菌ガスを浴びながら、セイバーが呻(うめ)く。

「除菌……。ふむ、穢(けが)れ……病の素を祓(はら)う絡繰(からく)りか。凄(すご)いな現代、魔術じゃないのか」

そんな感想を言いながら、セイバーはその傍(そば)にあった病室の前へと戻る。

「辿(たど)り着(つ)いたはいいが……鎧(よろい)姿じゃ不味(まず)いな」

彼は病院に屋上から忍び込むと、人の気配が少ない区画を探してアヤカを寝かせていた。

アヤカは疲れたように寝息を立てているが悪化する様子はなく、しばしは安泰だろう。

すると、横に現れた包帯だらけの弓兵が、何か言いたげにリチャードを見た。

「……ああ、分かってるよ」

セイバーは、すぐ傍(そば)の病室にいる気配のうちのひとつを意識しながら答える。

覚えのある気配だが、驚くほど弱々しく感じられた。

悪意も敵意も感じられず、ただそこに在り続けるだけのような気配。

「神殿を護っていたバーサーカーといい、英霊ってのは時間が経つと萎むのか？　俺も子供の時の姿になったらどうしたもんかね」

そんな杞憂を覚えるセイバーの横に、街をアヤカと練り歩く時に着ていた普段着が落ちる。

ライブハウスで意気投合したロックバンドのメンバーから貰った服だ。

「持ってきてくれてたのか？　助かる」

魔力を操作して鎧と服を入れ替えながら、セイバーは廊下から顔を出し、周囲の様子を改めて眺める。

すると、パタパタとした足音と共に、パジャマを着た小さな男の子が廊下を走ってきた。

その子供はセイバーを見て小さく首を傾げた後、そのまま通り過ぎようとする。

「おい」

セイバーはその子供を呼び止めた。

「え……なあに、お兄ちゃん。お医者さんじゃないよね？」

怯えるような素振りを見せ、逃げるように立ち去ろうとする少年だったが——

「その先の部屋の子に、何か用か？　吸血種」

「……」

子供はピタリと動きを止め、首をこちらに向けながら歪に笑う。

「お兄ちゃんに、この姿を見られた事はなかったと思うけどなあ？」

「生きてた頃に、お前の同類と何人か関わった事があるが……お前、だいぶ弱ってるだろ？　気配の偽装が完璧じゃなくなってるぞ？」

「……今は、セイバーのお兄ちゃんと敵対する気はないよ？」

「嘘つけ、俺達の状態を探る為に、わざわざその格好で廊下を歩いたんだろう？　本気なら俺の気配を避けて天井か床を切り裂いて入った筈だ」

「探った結果、今は手を出さない事にしたんだよ。それとも、無駄にやりあって、そこに寝てる君のマスターを巻き添えにする？」

　邪悪な笑みを浮かべながら言う少年に、セイバーは言った。

「そうか、ならいい」

　あっさりと答えるセイバーに、少年は些か拍子抜けしたような顔をするが、下手に突くのを良しとしなかったのか、何も言わずに廊下を進んで隣室の扉に手をかける。

　すると、セイバーがさらに声をあげた。

「あー……手を貸そうか？」

　流石に不審に思った少年が、眼を細めながらセイバーの方に向き直る。

「？　何を言ってるの……？　僕に今さら媚びを売る必要もないでしょ？」

「いや、お前じゃない」

軽く手を振りながら、セイバーが訂正する。

「俺の、同盟相手に言ったんだ」

「……まさか――――」

何かに思い至った少年の言葉は、途中で強制的に中断させられる。

扉の隙間から溢れた大量の髪の毛が溢れだし、少年の四肢と首に巻き付いたからだ。

「……必要ない」

セイバーの問いに答えたのは、その大量の髪の毛を操る英霊――名も無きアサシン。

「この魔物は、私が狩る」

明確な殺意と決意が込められた言葉。

それを聞いた少年は、藻掻きながらも恍惚と嗤う。

「……あは、あははは！　嘘でしょ？　どうしてここに？　どうやって？　魔力の供給は途切れてるけど、僕が気配すら感知できなかったなんて！」

上機嫌で言う少年だったが、その笑顔は、続いて病室から響く声を聞くまでだった。

「結界さ。吸血種から、俺のような代行者や、標的にされた信徒の気配を隠す為のな」

「お前……！」

「英霊の気配すら消せたのは予想外だが、そこは聖堂教会の技師達を素直に賞賛しよう」

アサシンの背中越し。

病室の奥に居たのは、眼帯をした聖堂教会の神父——この聖杯戦争の監督役である、ハンザ・セルバンテスであった。

同時に廊下の四方から影が現れ、代行者の装束を身に纏ったシスター達が少し離れた場所に陣取り、礼装による結界を展開する。

攻撃する為のものではなく、吸血種を逃がさぬようにする為の措置だ。

少年——ジェスター・カルトゥーレはそんなシスター達を無視し、愛しのサーヴァントへと向かって声をかける。

「ははは！　てっきりあのシグマって奴の手助けでもするかと思ったのに、どうしてここに？」

「……貴様の事だ。私を苦悩させる為だけに、椿を害するだろうと踏んだ」

「わお！　大正解だよ！　フランチェスカの奴に言われて、僕も誰につくか選択する事にしたんだけど……やっぱりアサシンのお姉ちゃん以外は無理だって結論に達したんだ！　だからこそ、君の中に消えない傷を残してあげたかったんだけど……今はもうそれすらどうでもいい！　お姉ちゃんが僕の行動を完全に読んで、僕を待ち続けてくれた！　これこそ運命！　ついに僕達は理解しあう事ができたんだね！」

テンションを上げながら言う少年に、ハンザが肩を竦めながら声をかける。

「俺もお前ならそうすると思っていた。理解しあえて嬉しいよ。コーヒーでも奢ろうか？」

すると少年は、即座に身体を変化させ、普段の青年の姿を取りながら憎々しげに叫んだ。

「黙れクズが！　貴様は何故ここにいる！　貴様らにとって異教徒である麗しのアサシンと手を結んで代行者の御業を行使するなど、聖堂教会の上層部に知られたらどうなると思う？」

「ん？　なんの事だ？」

「……は？」

「俺はただ、ここのベッドに寝ているライダーのマスターがリタイヤの意思を示したと聞いて、監督役として保護しに来ただけだが？　既に戦闘の意思のないマスターをわざわざ傷付けに来るとは、恐ろしい奴もいたものだ。宗派も役職も関係無く、人として許せないだろう？」

いけしゃあしゃあと語るハンザに、ジェスターは歯嚙みをしながら何かを言いかけたが――

それより早く、アサシンの髪の毛が蠢き、通路に強く叩き付ける。

凄まじい衝撃音が響き、病院全体が僅かに振動した。

もはや何も喋らせまいという勢いで、ジェスターの顔面にも大量の髪の毛が巻き付く。

だが――最後に見えたその口元が嗤っているのを確認して、アサシンは嫌な予感に寒気を走らせた。

そして、その予感は的中する事となる。

かろうじて伸ばしたジェスターの指が床に触れ、同時に、彼の脇腹の辺りに刻まれた令呪が輝いた。
そして、髪の毛によって皮膚が切れたジェスターの指から血が溢れ、それが生き物のように蠢きながら文字を綴る。
アサシンの魂を穢しきる為の、致命的な言葉を。

【令呪をもって命じる】

【病室にいる繰丘椿を、いますぐに殺せ】

×　　　×

十数分前　スノーフィールド警察署内

「行くのか、兄弟」
キャスターこと、アレクサンドル・デュマ・ペールの言葉に、マスターであるオーランドは、静かな怒りを双眸に満たしながら答えた。

「出し惜しみができる相手ではない」

怒りの矛先は、キャスターではなく――己の部下を利用してスパイに仕立て上げていたバズディロット・コーデリオン。

そして何より、その状態に気付いていなかった自分自身に対して。

「死ぬつもりはないが、保証はない。私の身が朽ちればキャスターも現界できなくなる。そうなる前に、できるだけジョン達にかけられた魔術を取り除いてくれ」

「こうみえて灰汁取りは得意でな。任せときな」

肩を竦めるデュマ。

彼は僅かな沈黙の後、バツが悪そうに言葉を続けた。

「悪かったな。俺がジョンの奴に宝具で『加筆』した時に、気付くべきだった」

「……無理もない。お前は本来魔術師ではないのだからな。バズディロットの支配術式だけならばまだしも……恐らくは、あの老害が幻術でそれを覆い隠している」

――バズディロット・コーデリオンの支配魔術は、自分に特化したものの筈だが……。

――いや、だからこそ、自分の存在を私と認識されやすいよう、魔力の質を支配してねじ曲げたのか……？

――あるいは、フランチェスカがそこまで協力を？

その思案を察したのか、デュマが己の推測を口にする。

「フランチェスカの嬢ちゃんは、恐らく『面白そうだから手を貸した』ってぐらいだろうな。ファルデウスって奴(やつ)も知ってたのかもしれねえぞ？　最初の内は、それこそバズディロットって奴(やつ)と情報をやりとりしてたのかもな」

同じ聖杯戦争の黒幕陣営でありながら、ファルデウスとオーランドの間に信頼は欠片(かけら)も無い。むしろ、こうした状況で真っ先にファルデウスが『街を捨てる』という選択を取る事を最も警戒していたと言っても良かった。

「ファルデウスに関しては、シグマと名乗った傭兵(ようへい)に任せている。西の積乱雲……バズディロットのサーヴァントに関しても、同盟を結んだエルメロイ教室の者達を頼る事になる」

そして、署長は己の得物——デュマの手によって宝具化したとある日本刀を手にしながら、己の役割を口にする。

「ならば、私も破滅に抗(あらが)うとしよう」

バズディロット・コーデリオンとそのサーヴァントが聖杯を手にすれば、破壊はこの街に留まらず、合衆国全体にまで及ぶであろう。

魔術の秘匿という観点では、全てを災害とテロという事にすれば対処は可能かもしれない。

しかし、その対処はあくまで魔術世界の為(ため)のもの。被害者を救うわけではない。

ファルデウスとバズディロットが都合良く相打ち、などという甘い期待を抱いてバズディロットを大聖杯のある場所まで導くわけにはいかないのだ。

「しかしまあ、指揮官自らが前線へと進むってのは、いよいよもって戦争の泥沼も極点に達した証……って感じだな」

デュマの軽口に、署長はやや申し訳なさそうに眼を伏せる。

「君に前線に出るなど偉そうに説教した男の末路だ。喜劇として存分に嘲笑うがいい」

「笑えねえなあ。……笑えねえよ」

溜息を吐きながら二度呟くデュマに、オーランドが苦笑した。

「……そうだな、私程度がそれを言うのは、喜劇役者に失礼というものか」

「バカ言うな、兄弟。笑顔で送り出してはやる。だが、これから見ず知らずの連中の為に命を懸けようっていう英雄を嘲笑う事なんざできねえよ」

大仰な調子で手を広げ、まるで自身が舞台上の役者であるかのように高らかに唱う劇作家。

「死に挑むってのはな、兄弟！　この上なく叙事詩的で、なおかつ絶望的な光景だ！　泥にまみれて、綺麗ごとなんざ滅多にねえ！　……だからこそ、みんな見ただけで解っちまうのさ。本当なら背負う必要なんざないもんを肩に載っけて、もう心はとっくに潰れちまっててもおかしかねえのに、それでも足と眼を前に向けちまうような馬鹿野郎を何て呼ぶかってな」

彼の眼前にはいつしか無数の紙が舞い上がり、羽根ペンから金属的な万年筆など様々な筆記具が浮かんで自動筆記を始めていた。

「ただの自殺志願者なら、楽になりてえから死神に『どうぞよろしくお願いします』って挨拶しに行くだけだが……兄弟、あんた達は逆だ。死を、覆しに行くってんだ。それも、自分のじゃねえ。民衆なんていう……言っちまえば、見ず知らずの他人の死を覆す為にだぞ？」

そして、物語を記された紙束が勢い良く飛び回り、署長の持っていた日本刀の鞘に吸い込まれるように貼り付いては光と共に染みこんで消えていく。

「これは……」

光はすぐに収まったが、オーランドはその日本刀がこれまでより格段に礼装としての格が上がった事を理解した。

「そいつの下地は出来上がってる。元の質が良かったからな。俺が仕上げたっつうよりは『修復した』って方が近いが……あとは兄弟、アンタがその宝具に認められるかどうかだ」

「……感謝する。あとは我々の仕事だ。君には裏で休んでいてくれと言いたい所だが……」

僅かに心苦しそうに言う署長の言葉を手で制し、デュマは笑いながら言う。

「言ったろ？　兄弟。俺はできの悪い脚本を直すのが得意だってよ」

そこでデュマはやおら襟を正し、貴族然とした優雅な調子で恭しく虚空に向けて一礼する。

「この街が暴虐と絶望へと沈む前に、一言申し上げたい」

「キャスター……？」

普段の傍若無人なデュマとは違う、心からの敬意が込められた言葉。

「ファルデウス将軍の策謀は論ずるまでもなく、プレラーティ司祭の自己満足に満ちた脚本もまた、それに劣らず陰険であると。雇われの身ながらも、一人の作家として、私はこれらのシナリオに異議を唱える。貴方《あなた》たちの脚本は、この舞台に似付かわしくない……」

芝居がかった台詞《せりふ》で、消え入るように言うデュマだが、そこで大仰に声を張り、この場にいないファルデウスとフランチェスカ、あるいは世界そのものに対して宣言する。

「そこで、不肖このアレクサンドルめが、この悲劇を書き直す為《ため》にペンを取る事を赦《ゆる》された し！　将軍閣下も司祭殿も、どうか恐れることの無きよう。私が創り出す作品が、貴方《あなた》がたが思い描く結末より、筋立てと精神において優れていることを保証致します！」

再度虚空《こくう》に向けて一礼した後、デュマは静かに署長の方を見て、悪戯《いたずら》小僧のような笑みを浮かべて見せた。

「……ってなもんよ。ま、俺がやりたい事をやるだけだ。気に病むなよ、兄弟。俺はな、好き勝手やってる俺を一度も令呪で縛らなかった兄弟には感謝してるんだぜ？」

「これから自害を命じるかもしれんだろう」

「そいつは意外な展開だ。だったら、ここで言うべきじゃなかったな」

ケラケラ笑っていると、署長室の扉がノックされた。

扉が開くと、そこには数名の警官隊——クラン・カラティンが立っている。

出撃の準備ができたという事だろう。

それを確認したデュマは、署長の肩を手で軽く叩《たた》きながら言った。

「じゃあな、マスター（兄弟）。生き延びたら魔術師なんか辞めちまいな。向いてねえよ」

「生憎（あいにく）、これ以外の生き方を知らん」

「作家にでもなりゃいいだろ。その自分が知ってる『生き方』って奴（やつ）を書きゃいいだけだ。売れるかどうかまでは保証しねえが、堅実なあんたの事だ。貯金ぐらいはあんだろ？」

「……考えておくとしよう」

苦笑しながら歩を進めたオーランドは、署長室から出る扉の所で一度だけ足を止める。


結論だけを言ってしまうならば――

次の言葉が、マスターとサーヴァントである二人が交わした、最後の会話であった。

二人も、それを予感していたのだろう。

互いに顔も向け合わない。

だが、その必要はなかった。

不思議と、お互いの表情は分かっていたのだから。

それこそ、長年を共に歩んだ実の兄弟であるかのように。

「君の作ったキジ肉料理は最高に美味だった。人生最高の味だ」

「あの程度で満足して貰（もら）っちゃ困るな、兄弟」

キャスターは、傲岸不遜とも取れる言葉を嫌味無く言い切って己のマスターを送り出した。

「生きて戻れよ？　その時はもっと美味いもんを喰わせてやるさ」

オーランドは、背中越しの苦笑をもってそれに答えた。

そして、彼は再び歩み出す。

聖杯戦争に足を踏み入れたマスターとして。

同時に、警察署のリーダーとして。

バズディロット・コーデリオンや、地下の大聖杯、あるいは自分達の上司が下した爆撃命令。

様々な形で具現化した『死』に絡み付かれた、スノーフィールドという街の結末を覆す為に。

×　　×

現在　スノーフィールド市街地

大通りの方から、激しい衝撃音と閃光が届く路地裏。

バズディロットが中心街の拠点として利用していた工場の中で、崩れた資材置き場に向かってフランソワ・プレラーティが声をかける。

「起きてるかい？　まあ、令呪で繋がってるから生きてるのは分かるけど」

すると、資材置き場がガラガラと音を立てて崩れ、その奥からフランチェスカが這いだした。

「あーあ、やられちゃったねー……っと」

彼女の身体のあちこちには鉄パイプや廃材の切れ端が刺さっており、傍目に見れば、今すぐに病院に行かなければ絶命は免れぬというような状態となっている。

だが、それは常人であればの話。

「そろそろ替え時かな、この身体も」

フランチェスカはそう呟きながら、鉄パイプなどを抜いて己の身体に手を翳した。

すると、疵痕がまるで最初から存在しなかったかのように消えて行く。

「流石に自分の怪我までは幻術で騙せなくない？　僕ならともかく、神秘が薄い今の時代の君には辛いでしょ？」

「大丈夫大丈夫！　痛み止めと血止めぐらいにはなるからね☆」

「僕が、上手く騙してあげようか？　体力も魔力も全回復するし、君にも、全盛期の僕と同じだけの力を与える事だってできるよ？」

妖艶な仕草でフランチェスカの顎を持ち上げ、マスターである自分自身に問うフランソワ。

だが、フランチェスカはそれを意地の悪い笑みで受け流しながら首を振った。

「ダメだよ。そんな事をしたら、私を乗っ取る為に色々と仕込んじゃうでしょ?」

「アハハ! 流石僕だ。今なら本当に辛そうだからいけるかと思ったのに!」

「君に私の存在をあげて受肉させせちゃうのも面白そうだけど、もう少し待ってくれないかなあ」

フランチェスカは弱った身体で尚も享楽的に笑いながら、足元に眼を向ける。

「もうすぐ、熟しそうなんだよねー。いろんなものが!」

彼女は続いて両手を天に広げ、上を見上げながら高らかに己の言葉を唱い上げた。

「パンフレットは読み込んだし、ポップコーンも食べ終わった! だから後は見るだけ! 楽しむだけ! この街に起こる全部、全部を! それで、みんなの終わりを見届けて……」

そんな彼女を見るフランソワの顔から笑みが消えている事に気付かぬまま、フランチェスカは様々な思いを込めて己の欲望を口にする。

「あわよくば、聖杯を手に入れちゃいたいんだよねぇ」

「小聖杯でも、大聖杯でも、今ならどっちでもＯＫだからね☆」

×　　　×

スノーフィールド　地下

シグマがそこに辿り着いた時、周囲に人の気配はなかった。

だが、人間ではないというだけで、人間の抱く情念や怨念は十二分に感じられる。

「油断するな、小僧。ここは魔力も歪んでやがる。ウォッチャーの眼も当てにならん」

老船長の影法師の言葉を受け、シグマは息を呑みながら『それ』を見る。

それは、赤黒いマグマのようであった。

街ができるよりも以前から、スノーフィールドの地下にあった天然の大空洞。

ティーネ・チェルクの一族により禁忌の聖地とされてきたこの場所は、巨大な龍脈が通る大霊地であり、大聖杯の下地として用意された場であった。

空洞の外壁には近代的な鉄骨の足場が一周する形で組まれており、様々な方向から大聖杯となっている器を眺める事ができる。

「これは……本当に聖杯と呼べるようなものなのか？」

渦巻いている赤黒い泥には、シグマにも見覚えがある。

バズディロット・コーデリオンが纏っていた泥のような魔力に良く似ており、あの気味の悪い魔力が無限に湧き出す泉といった様相だった。

天然のくぼみ――恐らくは龍脈が一番色濃い場所にそそがれたその泥は激しい渦を生み出しており、杯というよりも、全てを吸い込む地獄の穴にも見える。

「少なくとも、まともな願望器として働く事はなさそうだね」

嫌悪するようにその聖杯を見つめている、蛇杖を持った少年姿の影法師。

彼は悲しげに眼を細めながら言葉を続けた。

「……アルケイデスを穢した泥と同質のものだね。もしも今彼が敗退すれば、たいへんな事になるかもしれない」

「どういう事だ？」

「今の彼は膨大な神性を捻じ伏せた状態だ。通常の英霊召喚じゃあり得ない程の莫大な神性がこの渦に吸い込まれたら……それこそ、エネルギー量だけなら本物の聖杯に近付くね……星を砕く願望すら叶えられるし、星を救うという願望も破壊という形で叶えられるだろう」

真剣な調子で言う影法師を前に、シグマは考える。

「……プレラーティは、自分の宝具でこの聖杯を『騙す』つもりかもしれないな」

「いくら彼の宝具でも、この悪性を無いものとして騙すのは無理じゃないかな」

「いや、プレラーティは、小聖杯に神性が移った時点で神性だけを奪う気じゃないか？」

小聖杯。

敗退した英霊達の霊基のエネルギーを一時的にプールする為の存在。

今回の偽りの聖杯戦争ではフィリアというホムンクルスがその役割を果たしており、イシュタル女神の残滓に憑依された事で混乱を呼び起こしていたのだが——イシュタル女神が冥界へと堕ちた今は、小聖杯としての役割を取り戻している筈だ。

「フィリアは……あのホムンクルスは、死んだのか？」

「自我はもう、残ってないと思う。本当ならもっと多くの英霊の霊基を吸収するまでは人間のように活動できていたと思うけれど、無茶をし過ぎた」

ウォッチャーの影法師達の話では、エルメロイ教室の面子のうちの数人が保護しているという話だが、地上にはまだフランチェスカと彼女のサーヴァントがいる。

「ヒッポリュテにせよアルケイデスにせよ、どちらかが脱落すれば神性に満ちた魔力がフィリアの身体に流れ込む。幻術にその膨大な神性を上乗せして、聖杯に正常な願望器のフリをさせる事ぐらいならできるかもしれない」

そんな推測を立てるシグマは、一刻の猶予もないとばかりに動き出した。

「どちらにせよ、なんとかしてこの大聖杯を破壊したいが……手順を間違えると、この泥が地上まで溢れるか……？」

「小聖杯が完成した段階ならね。今ならまだ、この地下が汚染されるだけで済むかもしれない」

「ファルデウス達がその危険性を考えていないとは思えない。恐らく特殊作戦の『奈落の励起』は、この大聖杯を暴走させて街ごと消す方法だ。逆に言うなら、大聖杯を安全に処理する方法も残していると思う」

するとそれに答える形で拍手が起こる。

影法師ではない。

それに気付いたシグマが振り返ると、そこにはファルデウスと秘書と思しき女性、そしてアサルトライフル等で武装した数名の兵士が立っていた。

「お見事な推理ですよ、シグマ君。独り言にも聞こえましたが、あなたの英霊……ランサーのチャーリー・チャップリンと念話でも？」

「……ファルデウス」

「ああ、ちなみにあの小聖杯の事を気に病む事はありませんよ。あれは、フランチェスカさんが確保してきたホムンクルスの残骸に、強い暗示をかけた上で強制的に再起動させただけですから。どの道、あと10日ほどで稼動限界を迎えていた事でしょう」

淡々と言葉を紡ぐファルデウスは、苦笑を交えながら首を振る。

「監視を続ける中で、ショッピングモールやカジノに出入りしているのを見た時は何事かと思いましたが……まさか女神の依り代になるとは。次回に向けて、反省が必要ですね」

そこまで言うと、眼をスッと細めながら、冷酷な目つきでシグマを見た。

「いやあ、しかし……まさか、飼い犬に手を噛まれるとは思いませんでしたよ。あなたは割と忠犬だと思っていたのですが」

氷のように冷たい感情を声に乗せて吐き出すファルデウスに、犬扱いされたシグマは特に怒る事もなく言い返す。

「フランチェスカが連れてきた犬を信じるなんて、どうかしてるんじゃないのか？」

「おっと、それを言われると本当に……いや、完膚なきまでに返す言葉がないのですが……」

少し意外そうに、ファルデウスはシグマを見つめた。

「驚きました。君は、そういう皮肉を言える人間だったんですね」

そして、何かに思い至って眼を軽く開く。

「もしかして、本当に……チャーリー・チャップリンの影響で？」

「……かもな」

シグマはそう答えながら、すぐに動けるように警戒を続ける。

最大に警戒すべきはファルデウスの魔術ではない。

彼の背後にいる近衛部隊の銃器だ。

それを牽制する為に、シグマは言う。

「こちらは英霊が残っているが、ファルデウスの英霊のアサシンが消滅した事は知っている。

無駄に敵対はしたくない。聖杯を解体してくれ」

「それで全てが終わるのならそうですが……西の状況を見る限り、それで全てが丸く収まるとは思えませんね。第一、もうこの土地の浄化は決定事項です。邪魔はさせません」

「……サーヴァントを相手に、魔術師の身で挑む気か？」

「いやいや、あなたの英霊は喜劇王。それなら、魔術戦ならワンチャンスあるかと」

ファルデウスが手をあげると、銃器を持った部隊が通路まで下がる。

——はったりが、成功した？

恐らく、サーヴァント相手には銃器が通用しないと知っているからこそ部隊を下げたのだろうが、後で不意打ちさせる可能性はある為油断はできない。

この場で最も警戒すべきは、ファルデウスの魔術だが——

「人形はどこだ？　人形使いのあなたが、自力で闘うわけじゃないだろう？」

挑発するように問うシグマに、ファルデウスは不敵に笑う。

「もう、見せていますよ」

「……なに？」

「この情報までは、知らなかったようですね」

ファルデウスが、見えない鍵盤を奏でるように空中に指を走らせた。

すると、宙に魔力の鍵盤のようなものが浮かび上がり——地響きと共に、部屋全体が揺れ始める。

「……!?」

「最も信頼できる人形は……もっとも重要な場所に配置しているに決まっているでしょう？」

大聖杯の周囲を囲むように張り巡らされていた鉄骨が、次々と己の意思を持ったように蠢き（うごめき）だし、シグマの足元の床もまるで大蛇の背のようにその身をうねらせた。


咄嗟（とっさ）に大聖杯の傍（そば）へと飛び降りたシグマが、次の瞬間に見たものは——

ファルデウスという人形師が操る、怪物の形をした巨大なオブジェ。

奇（く）しくも、地上で猛威を振るっていたヒュドラのように、多頭の蛇を思わせる造形だ。

大聖杯のある地下空間そのものが敵になったかのようなその怪物を前にしたシグマもまた、他の英霊やマスターと同じように、死地へと足を踏み入れる結果となる。

「……」

シグマは一瞬、アサシンの少女の顔を思い浮かべる。

——彼女はきっと、生前も今も、こんな状況に立ち向かい続けたのだろう。

そんな確信を持ちつつ、シグマはこちらを見下ろす高所から人形を操るファルデウスに向けて構えをとる。

「……やる気なんですね？　何の為（ため）に？　金で時計塔に寝返ったわけではないでしょう？」

訝しむファルデウスを前に、シグマはもう一度だけアサシンの顔を思い出し——自分でも驚くほど自然な笑みを浮かべながら断言した。

「心地好い眠りと、温かい食事……」

「は？」

呆けるファルデウスに、シグマは更に言葉を紡ぐ。

心中にて、願いの続きを刻みつけながら。

——繰丘椿を救う事で、俺はきっと……自分にそれを許す事ができる。

「それが、俺の信仰だ」

×　　　　×

スノーフィールド西部
西から流れてくる膨大な魔力の気配。
先刻まで二つであったそれが三つに増えた事を感じ取りながら、ティアがゆっくりと起き上がり、周囲を取り囲むエルメロイ教室の面々に言った。

「……これでも、逃げないつもりか？」

傍にいたスヴィンが、迷う事なく答える。

「逃げ場なんてあるか？」

その眼を見たティアは、静かに頷きながら立ち上がり——少し離れた場所にいた眼鏡の青年魔術師に声をかけた。

「……勝算はあるのか、カウレス」

突然話を振られたのは、カウレス・フォルヴェッジ。

彼は一瞬驚いたが、自分が名指しされた意味を理解し、苦笑しながら口を開いた。

「一応、発動はしたよ。あの金色のが横取りしたせいか、半分ほどしか充塡できなかったけど」

その言葉を聞き、ティアは地下に広がる魔力の渦を精査する。

大聖杯が基点となっていると思しき、膨大な魔力。

だが、今はそれと並行して、それに準じる量の魔力が満ちていた。

「流石にこの規模の魔力をまともに操るには準備が足りないと思ったけど……あなたならできるでしょう？　ティア・エスカルドス」

遠坂凛の言葉に澱みはない。

敵か味方か以前に、単純にティアならばできるという事実を述べているだけだ。

言う事を聞かなければ、如何なる手練手管を用いてもこちらを従える事だろう。

目的を諦める気は欠片も無い、傲慢な魔術師そのものだ。

「……本当にお前達は馬鹿げている。『俺』の事をよく言えたものだ」

ティアは呆れながら、エルメロイ教室という異端児達を前に苦笑を浮かべる。

かつて、フラット・エスカルドスという肉体の中で常に抱いていた感情を思い出しながら。

「スノーフィールドの地下を……巨大な原始電池にするとはな」


地下を掘り進めていた目的は、単に移動経路を作るというものではない。

彼らは最初から、魔術的な意味合いを含めて地下を改造し続けていたのだ。

そこまでの魔力量を溜めて何をするつもりなのかは分からないが、ティアも全てを懸ける必要があるほどの大仕事だろう。

ティアは静かに呼吸を整え、あくまでも取り引き相手として彼らの前に立つ。

「僕への見返りはなんだ？　僕はこのまま聖杯戦争と無縁な土地まで退避してもいいんだ。……全てを懸ける以上、それに見合ったものは貰えるのか？」

すると、ヴェルナーがそれに答えた。

「もちろんだとも。こちらが用意するのは、我々の目的でもあるが……君が言う、『全て』だ」

「？」

「先刻……偉大なるロード・エルメロイⅡ世の仲介で、ひとつ仕事をしてね」

ヴェルナーが振り返ると、荒野の中を走ってくる一台のパトカーが見えた。

「なんだ？」

ヒュドラが暴れた直後の荒野にはあまりにも場違いな公用車。

「その見返りとして、最後のピースが揃ったのさ」

そのパトカーはがたつきながらもなんとかぬかるんだ荒野を走りきり、エルメロイ教室の面々の横に停車した。

困惑するティアの前で、その扉が開かれ——中から数人の人影が姿を現す。

「ヴェラさん、どうしてこんな所に……！」

「彼らにも、署長の援護を頼むんですか？」

「急がないと、署長が危険です……！」

最初に降りたヴェラ・レヴィットに対し、続けて降りたジョン・ウィンガードを含めた三人の警官が声をあげる。

疑念を持っているらしき三人に遅れ、最後の一人がパトカーの後部座席から顔を出し——ティアはその人物を見て、表情を強ばらせる結果となった。

「よう、ティア・エスカルドス……だっけか？　何日か前にも会ったよな？」

荒野に降り立った大作家。

アレクサンドル・デュマ・ペールは、眼前にいる『素材』に対して大仰に手を広げてみせた。

「喜べ。俺がお前さんを主役にしてやる」

「悲劇になるか喜劇になるか……結果は役者の演技次第だがな」

×　　×

ゆめのなか
繰丘椿は、微睡みの中から眼を醒ます。

彼女は、自分を囲っていた細長い檻の扉がいつの間にか開いている事に気付いた。

「……？」

見ると、周囲の風景もかなり変わっている。

漆黒の闇であった筈の景色が、最初に『まっくろさん』と出会った街の中へと変わっていたのだ。

先刻、たき火の前にいた誰かと話をしていた『まっくろさん』はどこに居るのか。

椿がキョロキョロと見回すと、足元に小さな馬のような影が見える。

その馬が、椿の服の裾をクイクイと口で引っ張り、ついてきてほしいというような仕草を繰り返していた。

「まっくろさん？　小さくなっちゃった」

戸惑いつつも、椿は誰もいない街の中を、影の馬に連れられて歩む。

やがて、大きな白い建物の中に誘われ――

扉が開きっぱなしとなっている、エレベーターの前へと誘われた。

そこで椿は、エレベーターの中に誰かがいる事に気付いた。

たき火の前にいた誰かと同じように、姿がぶれて見える。

赤い頭巾を被った、自分と同じぐらいの子供の姿にも思えたが、やがてその姿がおぼろげとなり、椿から見て大人の女性の背中となった。

おそるおそる、椿はその女性の背に問い掛ける。

「おねえちゃん、だあれ？」

「へ？」

不意を衝かれたように、その女性は椿の方に顔を向けた。

「あなたは……私が見えてる？　話しかけて……え？」

困惑した顔で、慌てて顔を服の裾で拭うその女性は、つい先刻まで泣いていたのか、眼を赤

く腫らしている。

「だいじょうぶ、ですか?」

「あ……うん。ごめんね、ちょっと、色々なものを見て、驚いちゃってただけだよ」

「わたしは、くるおかつばきです」

暗闇の中にいた女性が、戸惑いながらもそれに答えた。

「私は……アヤカ……」

そして、不安そうに立つ椿を安心させるように、アヤカと名乗った女性は微笑みを浮かべながら言葉の続きを口にする。

「大人になっちゃった、赤ずきんだよ」

×　×

積乱雲内部

アルケイデスとヒッポリュテという二人の英霊を前に、少年はただ淡々と、合理的に己が成すべき事を成そうとしていた。

「玉座より降り、一人の戦士として地に立ったか……金色の王よ」

ヒッポリュテの言葉に続く形で、アルケイデスが言葉を紡ぐ。

それは、僅かに笑みを浮かべているようにも感じられた。

「……面白い」

「！」

——意識が、まだあるのか……。

——いや、あの姿になった金色の王が、正気を引き戻したのか？

ヒッポリュテは、自身の存在もまたその一因となっている事に気付かぬまま、アルケイデスの霊基に理知の光がある事を心中で喜んだ。

そんな彼女ではなく、アルケイデスは少年へと向かって言葉を紡ぐ。

「……神の力を捨て去り、貴様も奪う側に回ったか」

「奪うわけじゃない」

少年は、どこか儚げな苦笑を浮かべながら静かに大地に手を翳す。

「完成した結果として、人はいずれ、彼らの場に辿り着く」

それに合わせる形で、背後に浮かんでいたリラが魔力の光に包まれ、音を奏で始めた。

「我はただ、それを赦し、願い……共に歩むだけだ」

美しくも激しい旋律と共に、積乱雲の内部という、ある種の世界の縮図の中輝きが満ち——

蠢(うごめ)く。

サーヴァントらしき少年を中心として、積乱雲の内部に広く散布された数多(あまた)の宝具の原典が、蠢(うごめ)き、互いに組み合わさりながら群体のように動き始める。

剣であったものが
弓であったものが
槍(やり)であったものが
暗器であったものが
盾であったものが
指輪であったものが。
足枷(あしかせ)であったものが。
書物であったものが、
毒であったものが
薬であったものが
理(ことわり)であったものが

　言祝ぎであったものが

無数無窮の『原典』であるそれらが集まり、一つの形に回帰する。

巨大。

圧縮されたとはいえ、尚も台風の形を取り続ける自然の暴威。

その具現化たるものを内部から打ち破らんとする勢いで、

天地の狭間から二つの『手』が、生まれ伸びる。

それは英雄たるギルガメッシュから最も遠きものであり――

神と人の狭間に生まれし王たるギルガメッシュに、数多の人が捧げたものであり――

ウルクの民たる者達が、他の誰でもなく明日へと向けたもの。

大いなる、祈り。

何かを掴み、胸に抱くような所作で――

宝具の群れは、ギリシャの英霊達に対する侵攻を開始した。

あるいは、スノーフィールドという地と、偽りの聖杯戦争そのものに対して。

接続章
『スノーフィールドは消失しました』

その日、その瞬間――
スノーフィールドという街は、地球上から消失した。

アメリカ某山中　ロッジ内

　山深い天然の結界内にある豪奢なロッジ。

　その中心にある会議室にて、スノーフィールドの聖杯戦争のバックにいた者達が慌ただしく動いていた。

　作戦名『オーロラ堕とし』——すなわちスノーフィールド全域を特殊弾頭により爆撃し、全てを消し去る事を決定した者達が、尚も動き続ける情報に目まぐるしく追われ続ける。

「ハリケーン『イナンナ』は規模を縮小、スノーフィールド西方20キロメートル地点で静止しています」

「そうか……スノーフィールドの大聖杯を処理すれば消える筈だが……警戒は続けろ。消失と同時にカバーストーリーを各機関に流せ。聖堂教会からの抗議と要望もある程度は受け入れる。だが必要以上の介入は決して許すな」

「時計塔より打診がありました。魔術師達の生存状況は特に念入りに確認するようにと……」

「言われるまでもない。ファルデウスが大聖杯の疑似核を持ち出す際に奪われる可能性も充分にありうる。警戒を緩めるな」

　多方面からの報告が相次ぐなか、取り仕切る者達が的確に指示を出すという事が繰り返されていたのだが――。

「将軍……！」

　ただ、役職名だけを叫ぶ者がその空気を塗り替えた。

　将軍と呼ばれた軍服の男は、眉を顰めながらそちらを見る。

　すると、観測班のチーフである男が、会議室の入り口で姿勢を正したまま震えていた。

「スノーフィールドが、消失、しました」

「？　どういう事だ」

「報告は明瞭に行え」

「観測が途絶えたという事か？」

　周囲の者達が、口々に説明を求める。

　大掛かりな魔術師集団が動いているとするならば、監視衛星ごとジャミングを行う可能性も充分にありうる。その対処を進める為に、より詳細な報告を求めたのだが――

「いえ、衛星からの観測機器は正常に稼動しています。……その筈です」

　歯切れの悪い物言いをした後、チーフの男は会議室のコンソールを操作し、観測室の画面を映し出した。

「繰り返します。スノーフィールドは……消失しました」

「……これは?」

将軍と呼ばれた男をはじめとする、聖杯戦争の黒幕達。

彼らは見た。

リアルタイムで起こっている、スノーフィールドの異常を。

モニターに現れた衛星写真を見て、誰もが息を呑み、言葉に詰まる。

魔術にも科学にも造詣が深いが故に集められた面々でさえ、その異様さを前には思考を止めざるを得なかった。

それをどう表現して良いか解らぬまま、固まっていると、観測班のチーフは更に続ける。

「それだけではありません！　ハリケーン『イナンナ』も同時に消失。雲一つ確認できません！」

「なんだと……」

「コード983『オーロラ堕とし』のカウントダウンは継続中です。どうなさいますか」

「……何が起こっても良いように、準備は進めろ。実行するかどうかは、直前に判断する」

苦虫を噛み潰したような顔で、軍服の将官はかろうじて言葉を絞り出した。

「この巨大さでは……ラスベガスからも、視認で観測できる状態か?」

「周囲の都市には大規模な隠蔽魔術を展開させています。『オーロラ堕とし』実行の隠蔽の為の虚像を貼り付けていますが、魔術師には認識される可能性があります」

「この映像は、最重要機密とする。万が一流出した場合は、同様のフェイク動画を拡散させて映像制作者の悪ふざけとして埋もれさせろ」


衛星画像に映し出されていたのは――巨大な円形。

スノーフィールドの街があった場所が、コンパスで線を引いたような美しい円形に切り取られており、そこに漆黒の闇が覗いている。

更に奇妙であったのは――

その漆黒の円の中心に、別の色合いをした円があるという事だ。

これがなんであるのかは、上空ではなく、側面から観測された映像によって判明する。


球体。


直径数キロメートルを超える凄まじく巨大な球体が、穴がないと仮定した場合に地表であった位置から150メートルほどの高さに浮かびあがっている。

その球体は緩やかにその場で回転しているが、位置に関しては微動だにしていなかった。

まるで、小さな月が突然現れ、地球の自転と公転に完全に合わせた軌道で移動しているかのように。

その球体は、人工物のような印象を周囲に与えていた。

乾いたレンガのような色を下地とし、幾何学的に瑠璃石を思わせる美しい青と黄金色が入り交じった装飾が施されているようにも見える。

一方、地上部分の漆黒部分には何も観測されず、スノーフィールドの中心街も、住宅街も、道路も、工業地区も——当然ながら、そこに住んでいた八十万人の人々の姿も見受けられない。

それは神か魔を生み出す巨大な卵のようでもあり、地球上に俄に浮かび上がった未知の天体のようでもあった。

蠱毒壺の末路か。

あるいは何かを生み出さんとする胎盤か。

偽りの聖杯戦争を仕掛けた者達ですら、その結末を予測する事はできない。

球体の中から何かが現れた時に、全てが終わる。

生まれ出ずるものの吉凶すら分からぬまま——

その終焉に、世界そのものが含まれるのか否か。
誰も、その答えを知ることのないままに。
スノーフィールドの聖杯戦争の因果は収束し、全ての終焉に向かおうとしていた。

next episode ［Fake10］

あとがき

　というわけで、お久しぶりです、成田です。

　お待たせしてしまい大変申し訳ありませんでした！

　作家生活20周年を迎えさせて頂きました昨年、他作品のメディアミックス関連の仕事やその他の様々な騒動も含め、まさに怒濤の一年間となりました。

　Ｆａｋｅも終局が近付くにつれて私も勢いとテンションが増し、数組を脱落させた後に『……これ、9巻でやるより最終巻で同時並行でやった方が面白いな！』というだいぶハイな状態でリライトをして今回の形となりました。ただのリライトじゃねえぞ、ド級のリラ以下略。

　心の強さよ我にあれ、と信じながら9巻ラストまで駆け抜けましたが、いよいよ物語もクライマックス、全陣営の決戦の引きで揃えての区切りとなりまして——残り一冊でこの偽りの聖杯戦争は閉幕となります！（最終巻のページ数がどのぐらいになるかは分かりませんが）

　ここまでお付き合い頂いた読者の皆様に、最高の結末をお届けできるよう頑張ります……！

　今回のあの某キャラクターの変容についてですが、もちろん奈須さんよりバッチリ御意見を伺っております！

私「……という展開なんですが、神の力が消えて純粋な人間になった彼はどんな感じです？」

奈須さん「ひたすら爽やかな好青年だけれど、やさしさだけがない、必要性も感じない（ネタバレになるので中略）天使の微笑みを浮かべながらケイネスのビルを爆破」

私「えっ⁉　そんなキャラでマスターとの関係の再構築を⁉　……できらぁ！」
その勢いで書き綴らせて頂いたのがあのキャラクターとなります。結果としてまあその、ラストシーンのように最初の予定にはなかった大変な事態となりましたが……！
奈須さん「……最終巻、若返ったあのキャラの影響で50頁ぐらい増えると思うけど大丈夫？」
私「……ッ。……。……できらぁ！」
奈須さん「むう、決意を聞く限り邪な感じは一切ない。まあ……それが減刑に影響する事も一切無い（〆切を決めるのは編集部なので）が……やってやれー！」
私「○○日（最終巻〆切）後の俺よく頑張ったな……⁉」
という鵺的な後押しを受けたりしたのも良い思い出です。ちなみに奈須さんが『鵺の陰陽師』の良さを周囲に語る為にホワイトボードを使おうという話をした時、『奈須さんが言うと月姫ネタか鵺さんネタか2択になるな』と思ったりしましたがそこはそれ。閑話休題。
他にも三田さんに「エルメロイ教室の火力があと一手欲しいので、イヴェットの魔眼の力を借りたいんすけど、現時点の彼女が作れる最高の魔眼ってなんですかね？」と聞いた所、
三田さん「火力……火力。魔眼っていうか……魔眼……○○○……」
私「⁉　……いいんすか！？　Ⅱ世が上級死徒に目を付けられるんじゃ……」
三田さん「でも……Ⅱ世なら……状況から解析してイヴェットにやりかた教えちゃうし……」
私「そろそろ私から観ても略奪公が怖いんすけど⁉」

という事があり、基本的にノリと蛮勇、ただし誰もが大真面目というやり取りでFakeはできあがっております。

そして、真剣に向き合ったものといえば――アニメ！　アニメです！

2023年7月に公開されましたアニメ特番、『Fate/strange Fake -Whispers of Dawn-』！

声優さん達のボイスと澤野さんの楽曲に合わせて繰り広げられる大活劇！　英雄王の本気バージョンはあそこまでのものなのかと私自身も度肝を抜かれる映像美でした……！

あまりの素晴らしさに私は映像を観ながらずっと小躍りして「ウヒュぁー！　オヒュぁー！」と一人で舞い上がっておりましたが――ついにテレビシリーズの製作も発表されました！

どのような形になるのかは追って新情報をお伝えしますが、私も森井さん達とともにガッツリと監修させて頂いておりますので、どうか期待しつつ続報をお待ち頂ければ幸いです！

以下は、御礼関係となります。

まずは、今回は本当に私の不徳により様々な形でご迷惑をおかけしてしまった担当の阿南さん。並びに出版社の皆さんと、スケジュール調整して下さったⅡVの皆さん。

最高のアニメを作って下さった、監督の坂詰さん&榎戸さんをはじめとするアニメスタッフの皆さん。そのアニメにおいても魔術関連の設定の考証をして下さっている、三輪清宗さんをはじめとするチーム・バレルロールさん。

エルメロイ教室のメンバーの一部——カウレスやオルグを始め、Fate/Apocryphaに関連する生徒達の過去や台詞について監修して下さいました東出祐一郎さん。

同様に事件簿周りのキャラクターたちのチェック、設定を考証をして下さり、色々と御意見を下さいました三田誠さん。（Ⅱ世の冒険の最新巻では、フラットの関係者もFａｋｅとひと味違った雰囲気で登場しておりますので、フラットファンはそちらも要チェックです！）

今回、序盤のある二人組のシーンの台詞についてガッツリ監修してくださいました、『氷室の天地』（本作と世界観が密接に関わっている作品です）の著者である磨伸映一郎さん。

アニメの怒濤の監修作業でお忙しい中、今回も数々の素晴らしいイラストで物語を彩って下さった森井しづきさん。（本文でのミスについて、私も校閲さんも気付いていなかった部分を指摘してくださった事には本当に感謝です……！）

そしてなにより、今回も全編に渡って監修をして下さった奈須きのこさん&ＴＹＰＥ-ＭＯＯＮの皆様と、Fate/GrandOrderのライター陣とスタッフの皆様。

最後に、本書を手にとって、クライマックス直前の本巻までお読み頂いた読者の皆様。

本当にありがとうございました！

偽りの聖杯戦争の終幕まで、どうかお付き合い頂ければ幸いです……！

２０２４年１月　『映画【鬼太郎誕生・ゲゲゲの謎】を観て圧倒されつつ』成田良悟

◉成田良悟著作リスト

「バッカーノ！シリーズ
1705〜1711／1930〜1935／2001〜2002 計22冊」（電撃文庫）
「バウワウ！ Two Dog Night」（同）
「Mew Mew！ Crazy Cat's Night」（同）
「がるぐる！〈上〉 Dancing Beast Night」（同）
「がるぐる！〈下〉 Dancing Beast Night」（同）
「5656！ Knights' Strange Night」（同）
「デュラララ!!×1〜13」（同）
「デュラララ!! 外伝!?」（同）
「デュラララ!!SH×1〜4」（同）
「折原臨也と、夕焼けを」（同）
「折原臨也と、喝采を」（同）
「ヴぁんぷ！I〜V」（同）
「世界の中心、針山さん①〜③」（同）
「Fate/strange Fake ①〜⑨」（同）
「オツベルと笑う水曜日」（メディアワークス文庫）

本書に対するご意見、ご感想をお寄せください。

ファンレターあて先
〒102-8177　東京都千代田区富士見2-13-3
電撃文庫編集部
「成田良悟先生」係
「森井しづき先生」係

本書は書き下ろしです。

電撃文庫

Fate/strange Fake⑨

成田良悟（なりたりょうご）

2024年３月10日　初版発行

発行者　山下直久
発行　株式会社KADOKAWA
〒102-8177　東京都千代田区富士見2-13-3
0570-002-301（ナビダイヤル）
装丁者　荻窪裕司（META＋MANIERA）
印刷　株式会社暁印刷
製本　株式会社暁印刷

ISBN978-4-04-915448-1　C0193　Printed in Japan

電撃文庫　https://dengekibunko.jp/

電撃文庫DIGEST　3月の新刊

発売日2024年3月8日

第30回電撃小説大賞《金賞》受賞作 新作 **蒼剣の歪み絶ち** 著／那西崇那　イラスト／NOCO	この世界の《歪み》を内包した超常の物体・歪理物。願いの代償に人を破滅させる《魔剣》に「生きたい」と願った少年・伽羅森迅は、自分のせいで存在を書き換えられた少女を救うため過酷な戦いに身を投じる！
リコリス・リコイル **Recovery days** 著／アサウラ　原案・監修／Spider Lily イラスト／いみぎむる	千束やたきなをはじめとした人気キャラクターが織りなす、喫茶リコリスのありふれた非日常を原案者自らがノベライズ！　TVアニメでは描かれていないファン待望のスピンオフ小説をどうぞ召し上がれ！
アクセル・ワールド27 **-第四の加速-** 著／川原 礫　イラスト／HIMA	加速世界《ブレイン・バースト2039》の戦場に現れた戦士たち。それは第四の加速世界《ドレッド・ドライブ2047》による侵略の始まりだった。侵略者たちの先鋒・ユーロキオンに、シルバー・クロウが挑む！
Fate/strange Fake⑨ 著／成田良悟　原作／TYPE-MOON イラスト／森井しづき	女神イシュタルを討ち、聖杯戦争は佳境へ。宿敵アルケイデスに立ち向かうヒッポリュテ。ティアを食い止めるエルメロイ教室の生徒たち。バズディロットと警官隊の死闘。その時、アヤカは自らの記憶を思い出し——。
幼なじみが絶対に **負けないラブコメ12** 著／二丸修一　イラスト／しぐれうい	群青同盟の卒業イベントとなるショートムービー制作がスタート！　その内容は哲彦の過去と絶望の物語だった。俺たちは哲彦の真意を探りつつ、これまでの集大成となる映像制作に邁進する。そして運命の日が訪れ……。
豚のレバーは加熱しろ **（n回目）** 著／逆井卓馬　イラスト／遠坂あさぎ	この世界に、メステリアに、そしてジェスと豚にいったい何が起こったのか——。〝あれ〟から一年後の日本と、四年後のメステリアを描く最終巻。世界がどんなに変わっていっても、豚と美少女は歩み続ける。
わたし、二番目の **彼女でいいから。7** 著／西 条陽　イラスト／Re岳	早坂さん、橘さん、宮前を〝二番目〟として付き合い始めた桐島。そんなある日、遠野は桐島の昔の恋人の正体に気づいてしまい……。静かな破綻を予感しながら。誰もが見て見ぬふりをして。物語はクリスマスを迎える。
君の先生でも **ヒロインになれますか?2** 著／羽場楽人　イラスト／塩こうじ	担任教師・天条レイユとお隣さん同士で過ごす秘密の青春デイズ——そこに現れたブラコンな義妹の輝夜。先生との関係を疑われるし実家に戻れとせがんでくる。恋も家族も諦められない！？　先生とのラブコメ第二弾！
青春2周目の俺がやり直す、 **ぼっちな彼女との陽キャな夏2** 著／五十嵐雄策　イラスト／はねこと	『あの夏』の事件を乗り越え、ついに安芸宮と心を通わせた俺。ところが、現代に戻った俺を待っていた相手はまさかの……!?　混乱する俺が再びタイムリープした先は、安芸宮が消えた二周目の高校一年生で——。
飯楽園-メシトピア- Ⅱ **憂食ガバメント** 著／和ヶ原聡司　イラスト／とうち	メシトピア計画の真実を知り厚労省の手中に落ちた少女・矢坂弥登。もう、見捨てない——夢も家族も、愛する人も。そう全てを失った少年・新島は再び〝社会〟に立ち向かうことを決意する。
新作 **少女星間漂流記** 著／東崎惟子　イラスト／ソノフワン	馬車型の宇宙船が銀河を駆ける。乗っているのは科学者・リドリーと、相棒のワタリ。環境汚染で住めなくなった地球に代わる安住の星を探す二人だが、訪れる星はどれも風変わりで……二人は今日も宇宙を旅している。
新作 **あんたで日常（せかい）を彩りたい** 著／駿馬 京　イラスト／みれあ	入学式前に失踪した奔放な姉の代わりに芸術系女子高に入学した夜風。目標は、姉の代わりに「つつがなく卒業」を迎える事。だが、屋上でクラスメイトの橘棗と出会ってしまい、ぼくの平穏だった女子高生活が——!?
新作 **プラントピア** 著／九岡 望　イラスト／LAM 原作／Plantopia partners	植物がすべてを呑み込んだ世界。そこでは「花人」と呼ばれる存在が独自のコミュニティを築いていた。そんな世界で目を覚ました少女・ハルは、この世界で唯一の人間として、花人たちと交流を深めていくのだが……。

那西崇那
Nanishi Takana
[絵]NOCO
絶対に助ける。
——たとえそれが、
彼女を消すことになっても。
蒼剣の歪み絶ち
VANIT SLAYER WITH TYRFING
ラスト1ページまで最高のカタルシスで贈る
第30回電撃小説大賞《金賞》受賞作
電撃文庫

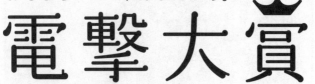